中国古代文史经典读本

欧阳修诗词文 选评

黄进德　撰

上海古籍出版社

图书在版编目(CIP)数据

欧阳修诗词文选评 / 黄进德撰. —上海：上海古籍出版社，2019.6（2021.7重印）
（中国古代文史经典读本）
ISBN 978-7-5325-9243-2

Ⅰ.①欧…　Ⅱ.①黄…　Ⅲ.①欧阳修(1007-1072)
—诗词研究②欧阳修(1007-1072)—古典散文—古典文学研究　Ⅳ.①I206.2

中国版本图书馆 CIP 数据核字(2019)第 101991 号

中国古代文史经典读本
欧阳修诗词文选评
黄进德　撰
上海古籍出版社出版发行
（上海瑞金二路 272 号　邮政编码 200020）
（1）网址：www.guji.com.cn
（2）E-mail：guji1@guji.com.cn
（3）易文网网址：www.ewen.co
常熟新骅印刷有限公司印刷
开本 787×1092　1/32　印张 8.875　插页 3　字数 118,000
2019 年 6 月第 1 版　2021 年 7 月第 3 次印刷
印数：4,201—5,300
ISBN 978-7-5325-9243-2
Ⅰ·3392　定价：27.00 元
如有质量问题,请与承印公司联系

出 版 说 明

　　上海古籍出版社成立六十多年来形成了出版普及读物的优良传统。二十世纪,本社及其前身中华书局上海编辑所策划、历时三十余年陆续出版的《中国古典文学作品选读》与《中国古典文学基本知识》两套丛书各八十种,在当时曾影响深远。不少品种印数达数十万甚至逾百万。不仅今天五六十岁的古典文学研究者回忆起他们的初学历程,会深情地称之为"温馨的乳汁";而且更多的其他行业的人们在涵养气度上,也得其熏陶。然而,人文科学的知识在发展更新,而一个时代又有一个时代的符号系统与表达、接受习惯,因此二十一世纪初,我社又为读者奉献了一套"新世纪文史哲经典读本",是为先前两套丛书在新世纪的继承与更新。

　　"新世纪文史哲经典读本"凝结了普及读物出版多方面的经验:名家撰作、深入浅出、知识性与可读性并重固然是其基本特点;而文化传统与现代特色的结合,更是她新的关注点。吸纳学界半个世纪以来新的研究成果,从中获得适应新时代读者欣赏习惯的浅切化与社会化的表达;反俗为雅,于易读易懂之中透现出一种高雅的情韵,是其标格所在。

　　"新世纪文史哲经典读本"在结构形式上又集前述两套丛书之长,或将作者与作品(或原著介绍与选篇解析)乳水交融地结合为一体,或按现在的知识框架与阅读习惯进行章节分类,也有的循原书结构撷取相应内容并作诠解,从而使全局与局部相映相辉,高屋建瓴与积沙成塔相互统一。

　　"新世纪文史哲经典读本"更是前述两套丛书的拓展与简约。其范围涵盖文学经典、历史经典与哲学经典,希望用最省净的篇幅,抉示中华文化的本质精神。

　　该套丛书问世以来,已在读者中享有良好的口碑。为了延伸其影响,本社于2011年特在其中选取十五种,请相关作者作了修订或增补,重新排版装帧,名之为"中国古代文史经典读本",以飨读者。出版之后,广受读者的好评,并于2015年被评为"首届向全国推荐中华优秀传统文化普及图书"。受此鼓舞,本社续从其中选取若干种予以改版推出,并得到国家有关部门的支持,多种获得2016年普及类古籍整理图书专项资助。希望改版后的这套书能继续为广大读者喜欢,为弘扬中华优秀传统文化作出贡献。

上海古籍出版社

2017年6月

目　　录

导　言

报国如乘愿，归耕宁买田。

——欧阳修《答太傅相公见赠长韵》

这两句直抒抱负、掷地有声的诗句分明渊源于儒家的传统文化，是欧阳修从政的行为准则，也直接影响到他的创作实践。

欧阳修论文宗法韩愈，在文道关系的阐释方面却有突破和创新，自有其超迈韩愈的独到见解。韩愈以卫道者自居，置复古明道、张扬儒学于首位，将文视为道的附庸。北宋中期，中央君主集权制确立已久，当务之急是刷新吏治以纾民困，不能让皇权旁落或架空。欧阳修也主张师法儒家"六经"，但强调"通经学古，履忠守道"，经世致用。因此，不能"弃百事不关于心"。所谓"百事",涵盖面极为广泛。上自治国平天下头等大事,下及"忧水患"、"教人树桑麻、畜鸡豚"等有关国计民生的实际问题,把学者的视线由儒家经典引向关注并揭发弊端以至解决现实社会客观存在的各种矛盾上来。他力主"文章不为空言而期于用","切于事实","中于时病"。这是欧阳修文论的精髓所在,也是他对北宋诗文革新的独特贡献。在文体改革方面,对"穿蠹经传、移此俪彼,以为浮薄"的西昆时文深致不满;同时,又对矫枉过正、泥古不化、追"奇"求"怪"的太学体,予以不留情面的正面抨击。欧阳修力主博取众长,"勿为一体","取其自然","简重严正,或时肆放以自舒",从而达到"本深而末茂"、"言之所载者大且文"的境界。正由于他蓄道德而能文章,坚持不懈地实践其革故鼎新、与时俱进的文学主张,才成了群彦向往、闻风影从、当之无愧的文坛领袖,也留下了自己彪炳史册、名垂千古的创作业绩。

欧阳修向以诗、文、词、赋兼擅著称。其中数量最多、成就尤为突出的当推散文。且不论其政论散文几乎全是参政议政的载体，无不以匡时救弊、刷新吏治为旨归，富于现实的针对性，具有振聋发聩的力量，就连史传散文也往往以史为鉴，在传序、论赞中提出诸多发人深思的论断，寓有鲜明的诤谏意义。他还写过不少记人、叙事、写景、抒情散文，大都朴质醇厚，明白晓畅，用笔简约而极饶韵味。从总体上看，欧阳修的散文不像韩愈那样以汪洋恣肆、浑浩流转见长，而是别开生面，自成一格，用苏洵《与欧阳内翰第一书》的话说，那就是"纡馀委备，往复百折，而条达疏畅，无所间断；气尽语极，急言竭论，而容与闲易，无艰难劳苦之态"。如此臻于化境的散文对后世文学产生了既深且远的影响。宋代的"三苏"、曾巩、王安石，明代的宋濂、归有光、唐顺之、茅坤，清代的方苞、姚鼐等，无不受其沾溉和启迪。唐宋八大家历来被奉为古代散文家的楷模，而欧阳修堪称承前启后、继往开来的中坚。

诗，据欧阳修的夫子自道，是其馀事。今存860余首，以气格为主，矫西昆之失。触事感物，以理取胜。长篇多效韩愈，以文为诗；多议论，参以李白，用语平易自然,不像韩愈那样故作盘空硬语。他力主"发声通下情",取径又与白居易讽谕诗近似,或议论时弊,为民请命;或寓言托物寄兴,劝世救俗。由于欧阳修长期从政甚至身在班列,可用政论、奏疏、表札直陈己见,故这类题材的诗歌并不多,涉及的社会生活面也不很宽广,较多的是记述自己的经历和感受。尤其是受谗见逐、贬谪外任期间,写下了不少即景抒情、含思凄苦之作。另外,他的赠别、论诗之作也不乏佳构。就诗体的运用而言,近体诗力矫西昆雕琢之失,用典、议论不多,不尚藻饰,音节工整和谐,用语浅近自然,自具宋人格调,但往往有句无篇。与近体相比,他的古体诗更有特色,成就也更大,其中尤以七古为最。七言长句高处直追昌黎,为王安石之辈所不及。其特点在于用韵富有变化,既有句句押韵、一韵到底者,也有开头句句押韵、以后平仄互叶或其他方式押韵者,更有不少句句押韵、隔句押或换韵而融会一体者。选用不同的押韵方式意在适应表情达意的需要。如此写来,或流利深至,或英伟挺拔,各极其妙。这是一。其二,句式长短不一。五、七言交替使用者居多,时或插入三言、九言、十一言乃至十三言,略无常式,错落有致;又间或插入四言、六言双音节句子。欧阳修以为"古诗时为一对,则体格峭健",这和运骈入散一样,熔铸古今,于散漫中寻求整饬,觉前后俱振,引人注目。其三,散文化、议论化,便于点清题旨。尽管欧阳修诗歌创作成就不能与其散文相比,但和梅尧臣一起,为以刻露见长的宋诗开辟了道路。当然,也有少数篇章失于快直,为道学家用诗体讲哲学、史学以至天文、水利开了先例,负面影响也不容忽视。

　　欧阳修的词,今存《欧阳文忠公近体乐府》和《醉翁琴趣外编》,都是后人所编,中间羼杂了不少他人之作,较可信的有240首左右。数量超过了在他以前的所有词家,就影响论,也不在其诗歌之下。在宋人的心目中,诗言理而不言情,新兴词体承担了抒发情兴、描状艳情的功能。诗俨若世家阀阅,讲求端庄雅正;而词仿佛是文苑中的暴发户,不必讲究身份、名位。诗庄词媚,渐成定势。文酒之会,佐以妓乐,这在当时司空见惯。即兴填词、即席赋诗,简直成了文人雅士不可或缺的基本功。

何况欧阳修自己也说"余本漫浪者",同时又深受冯延巳词的熏陶。现存那些风流蕴藉之词,多为诗人初入仕途时所作。年过"而立"迎娶薛夫人,特别是在仕途蹭蹬历尽磨难以后,这种作风已大为收敛。至于不肖之徒为挟私报复而编造的暧昧之谤,则是不可信据的。词集中有60来首为写景咏物、咏史述怀之作,有的感慨身世,于浅直处见深沉,包孕着对人生价值的执着追求;有的托物寄兴,抒发其无可告诉、不便言表的隐衷,含思绵邈,耐人寻绎;也有的流连光景,流露出全身远祸、聊以排遣自适的心态,格调清新隽永,雅俗共赏,别具情趣。这类词就数量而言,所占比重仅四分之一。从欧词的影响看,疏隽开子野(张先),深婉开少游(秦观),同样也具有承前启后的作用。

赋承传到欧阳修手里,打破了六朝以还下逮宋初骈赋、律赋的模式,吸取韩、柳散文的优长,出现了能反映诗文革新精神的新面貌。这一突破性的开拓,后来传递到苏轼手里,最终完成了对传统赋体的历史性改造。

此外,欧阳修因势利导,致力于对官方文书——四六文的推陈出新。他的致谢、求改官或乞致仕的表札，往往不以切对为工，而以散行之气，运骈俪之文，倾诉衷曲，行文婉畅，使宋代四六面目一新，为苏氏兄弟、曾巩、王安石等后继者导夫先路，不乏引领风气的开创之功。

如上所述，欧阳修堪称文坛巨擘。读其全集，仿佛跋涉于千岩竞秀、万壑争流的山阴道中，令人目不暇接，美不胜收。何况顾及全人，他在历史上又是位多有建树的经学家、史学家和政治家。对于这样一位硕果累累的文学大家，要想用极有限的篇幅来全方位地显示其创作成就，几乎是不可能的。因此只能统筹兼顾，力求撷取其为世所称的重要篇章，来较为清晰地勾画出他平生的主要遭际和创作轨迹。管中窥豹，聊见一斑；沧海遗珠，在所难免。希望本书的出版，能为今天的读者提供走近欧阳修这位宋代大文豪的契机。

一、力学希仕宦,惟期脱贫贱(1007—1034)

  欧阳修,字永叔,自号醉翁,晚年自号六一居士,永丰沙溪(今属江西)人。真宗景德四年(1007)六月二十一日出生于绵州(今四川绵阳)官舍。父欧阳观年近半百才进士及第,几年后出仕,当上州县推官。推官专司操办勘断案件,属辅佐性的幕僚,官位八品。欧阳修四岁那年,其父卒于泰州(今属江苏)军事推官任,时年五十九。身后,家无一瓦之覆、一垄之植。年不满三十的寡母郑氏只好带着年幼的欧阳修往依三叔欧阳晔。欧阳晔当时任随州(今属湖北)推官,以所得俸禄分养孤遗,教之如子。所幸郑氏出身江南名族,知书达埋,家贫无资,以获画地,教子认字,多诵古人篇章,练习作文,成了欧阳修的启蒙老师。良好的家庭教育,对他正直刚毅性格的形成起到了重要的作用。然而苦于家贫,无书可读。幸好当时随州城南住着一个藏书万卷的李氏大族。欧阳修常到那里去玩,有时借书回家,就如饥似渴、夜以继日地刻苦攻读。遇有精彩的篇章,手自抄录,边抄边读,往往尚未抄完便已成诵。一个偶然机会,他从破篓中检得一部脱落颠倒、序次错乱的《昌黎先生文集》六卷,不禁喜出望外,如获至宝。十来岁的欧阳修虽不能通晓韩文的涵意,却已为他那浩瀚流走、雄浑奔放的气势所吸引。于是废寝忘食,苦心探求,从中获得了丰富的滋养。由于勤奋好学,他学业猛进,能写诗作赋,深得三叔称赏。欧阳晔曾对兄嫂郑氏说:"嫂无以家贫子幼为念,此奇儿也。不惟起家以大吾门,他日必名重当世。"把重振家声,做出一番事业的希望寄托在欧阳修身上。欧阳修也坦陈刻苦学习是为了"仕宦希寸禄,庶无饥寒迫;读书为文章,本以代耕织"(《感兴五首》之四)。学优则仕,这是当时寒士摆脱穷困、踏上仕途的必经之路。

仁宗天圣元年（1023），才十七岁的欧阳修就参加了随州的州试。试卷写得相当出色。其中名句"石言于晋，神降于莘。内蛇斗而外蛇伤，新鬼大而故鬼小"大传于时，只是由于赋失官韵而被黜落。三年后，欧阳修州试顺利过关，由随州荐名，赴京参加贡举考试，落榜。两次应试失败，使他醒悟到个中奥秘，那就是韩愈古文尽管沉浸醲郁，但已不吃香；科场时兴的是"杨（亿）刘（筠）之作，号为时文"。时文即骈文，是当时流行的文体，因追求骈四俪六的句式、平仄相对的声调以及使事用典，限制了内容的自由表达，历来为有识之士诟病。为了干禄养亲，欧阳修不得不俯就时尚，花了两三年的时间，研习骈文。天圣六年（1028）欧阳修带着用骈文写就的《上胥学士偓启》去拜谒翰林学士、知汉阳军胥偓。"以文章取高第，以清节为时名臣"的胥偓，读过文章就赞不绝口，断言"子当有名于世"，留置门下，精心指导。这年冬天，又把欧阳修带到京师，为之延誉。后来还妻之以女。第二年春上，欧阳修参加国子监考试，得了第一名，补为广文馆生；秋天，应解试，又获第一；明年正月，应礼部省试，资政殿学士晏殊知贡举，又是名列榜首；三月，在崇文殿参加皇上亲自主持的殿试，名列甲科第十四，荣选为进士，成了"天子门生"，好不风光。欧阳修三试第一，名声鹊起，"虽中甲科，人犹以不魁多士为恨"。同年五月，按照惯例授官，为将仕郎、试秘书省校书郎、充西京留守推官。从此，欧阳修踏上了仕途。

天圣九年（1031）三月，正是"春深花未残"的季节，风华正茂的欧阳修来到古都洛阳，时称西京。这里山河壮丽，景色宜人，是个旅游的好去处："园林相映花百种，都邑四顾山千层。朝行绿槐听流水，夜饮翠幕张红灯。"其时钱惟演正以武胜军节度使同平章事、判河南府兼西京留守，是洛阳的最高行政长官。他出身勋旧，生长富贵，长于诗赋，文辞纤巧，是西昆派的三号巨头。骈文是唐宋官方文书流行文体，作为幕佐，欧阳修"于职当作"，可他却偏不肯作，钱惟演也没有利用权势强人所难。于办公事之馀，欧阳修好与友人相邀出游，探胜赋诗，钱惟演"不撄繁以吏事"，为他们提供充裕的时间。明道元年(1032)九月,欧阳修与谢绛、尹洙、王复、杨愈一行因进香而游览嵩山。归途经龙门、香山,遇雪受阻。正当他们登上石楼回望都城时,忽然发现烟霭中有人策马渡伊水而上。既至,原来是钱相派人传话,说"山行良劳,当少留龙门赏雪,府事简,无遽归也"(《邵氏闻见录》卷八)。由此不难看出,钱惟演不失为开明洒脱的行政长官。欧阳修在西京钱惟演手下,心情舒畅,留下了终生难忘的美好记忆,这些都时见于诗文创作。他二十年后在《送徐生之渑池》诗里写道:"河南地望雄西京,相公好贤天下称。吹嘘死灰生气焰,谈笑暖律回严凝。曾陪樽俎被顾盼,罗列台阁皆名卿。……我昔初官便伊洛,当时意气尤骄矜。主人乐士喜文学,幕府最盛多交朋。"可见他对这位"好贤"、"乐士喜文学"的顶头上司的称颂。知遇之感,跃然纸上。庆历新政流产,欧阳修奉使河东途经洛阳时,还写了《过钱文僖公白莲庄》诗,对身后备受贬责的钱相表述了自己深沉的哀思和惋惜:"今日西州路,何人更独来!"

"幕府最盛多交朋。"欧阳修在这里结交了不少意气相投的名士,上自河南通判谢绛,下及同僚,其中有河南推官张汝士、判官孙德祖、户曹参军尹洙和杨愈、法曹参军张先、河南县主簿梅尧臣等等。他们虽然个性差异很大,但都能诗善文,才华横溢。几位官卑职闲的朋友常常相聚在一起,游乐歌咏,洛阳的名胜古迹无不留下了他们的足迹和诗咏。提起欧阳修,人们通常会联想到他在文论中反复强调的"道",并由此认为他是个道貌岸然、拘谨迂执的道学夫子。其实不然。欧阳修年轻时代跟友人在一起,高兴时脱冠散发,傲卧坐谈,略无顾忌。难怪梅尧臣曾跟他开玩笑,送了他一个"逸老"的雅号。赋诗填词是他们相约聚会、文酒席上常有的助兴节目,承传唐五代以来传统风格的欧词,当有不少是其宦游西洛时所作。

在此期间,与欧阳修邂逅最早、后来过从最密并结为生死之交的是梅尧臣。南宋刘克庄称他为宋诗"开山祖师"。梅尧臣的妻兄谢绛和以擅长古文闻名的尹洙,也是欧阳修的莫逆之交。谢绛是文坛作手,被杨亿誉为"文中虎",是洛阳文学革新集团的盟主。尹洙的古文创作颇见功力，为同辈所推服。欧阳修作古文曾受他示范、指点，从此顿然领悟，大为长进。这在《湘山野录》卷中和《邵氏闻见录》卷八中，都留下了一段文坛佳话。正是如此宽松融洽、相与切磋的文学氛围和不可多得的客观环境，使欧阳修的诗文创作在徜徉嵩洛之间的三年中，有了新的发轫，取得了长足的进步。

就在这段时间里，欧阳修目光敏锐、洞察时弊，敢于议政，开始投身正在酝酿中的政治改革，先后写出了《戕竹记》、《非非堂记》、《上范司谏书》等政论名篇。

七 交 七 首(选一)

余本漫浪者，兹亦漫为官①；胡然类鸱夷②，托载随车辕？时士不俯眉③，默默谁与言？赖有洛中俊，日许相跻攀④。饮德醉醇酎，袭馨佩春兰⑤。平时罢军檄⑥，文酒聊相欢。

① 漫浪者：不受世俗拘束的人。漫：纵情，随便。

② 胡然：谓不知为什么。类：像。鸱(chī)夷：革囊。《史记》裴骃集解引应劭曰："取马革为鸱夷。鸱夷，榼形。"

③ 俯眉：眼光向下看，以示谦卑。

④ 洛中俊：指《七交七首》中的尹源、谢绛、尹洙、梅尧臣等人。俊，才德超卓的人。跻攀：犹交游。

⑤ 饮德：蒙受不言的恩惠。《汉书·朱家传》："然终不伐其能，饮其德。"孟康注："有德于人，而不自美也。"师古曰："饮，没也，谓不称显。"醇酎(zhòu)：美酒。《三国志·吴书·周瑜传》裴注引《江表传》，(程普)告人曰："与周公瑾交，若饮醇酎，不觉自醉。"袭馨：接受好的影响。佩春兰：喻志趣高洁。

⑥ 罢军檄：意谓办完公务。军檄(xí)，古代官府用以征召、晓喻、声讨的文书，西京留守兼领军政，故以草拟军用文稿泛指公务。

　　这首诗是组诗的第七首，原有小标题"自叙"。它是作者早年居洛阳生活的写真，从中透露出年轻时的率性、纯雅和诚实。

游龙门分题十五首（选一）①

蹑屩上高山②，探险慕幽赏。

初惊涧芳早，忽望岩扉敞③。

林穷路已迷，但逐樵歌响④。

① 这组诗是作者偕同好友杨愈、张谷和陈经游龙门的纪游之作。龙门：位于洛阳邙山之南，山夹伊水，耸立于东西两岸，俨若城阙，因名阙塞山。龙门则是隋炀帝营宫洛阳时才起的名字。至于《书·禹贡》所载"导河积石，至于龙门"中的那个龙门，位于今山西河津西北和陕西韩城东北。与此异地同名。

② 蹑屩（niè juē）：穿着草鞋。屩，草鞋。

③ 涧芳：山涧边的花草。岩扉敞：龙门位于两山之间，空间宽敞。位于伊水西滨的名龙门山，东滨的名香山。

④ 逐：追随。

　　据作者事后所作《送陈经秀才序》说，他们一行在龙门玩了两天，本诗是组诗中的第一首，原有题"上山",记的是第一天出游的情景。他们穿上草鞋,兴致勃勃,一路寻幽探胜。山路曲折绵延,走到山林尽处才发觉迷失了方向,只能循着樵歌的方向摸索前行。龙门的广袤幽深不言而喻。诗里着"惊"、"忽"二字,表露了他们实地观赏时有所获而喜出望外的愉悦之情。

生 查 子

　　去年元夜时①,花市灯如昼②。月上柳梢头,人约黄昏后。　　　今年元夜时,月与灯依旧。不见去年人,泪满春衫袖。

① 元夜:农历正月十五日夜,即元宵节,亦称上元节。隋唐以来一直有元宵观灯的风俗,因此又称灯节。

② 花市:作者《洛阳牡丹记·风俗记三》:"洛阳之俗,大抵好花。春时城中无贵贱,皆插花,虽负担者亦然。花开时士庶竞为游遨,往往于古寺废宅有池台处为市井,张幄帟……至花落乃罢。"

这首词亦被阑入朱淑真《断肠词》。以此作者为谁，曾有过争议。近人况周颐以为："宋曾慥《乐府雅词》、明陈耀文《花草粹编》并作永叔。慥录欧词特慎。《雅词序》云：'当时或作艳曲，谬为公词，今悉删除。'此阕适在其中，其为欧词甚明。"（《蕙风词话》卷四）这一说法当是可信的。词上片说去年，下片说今年。借助今昔对比，倾诉物是人非、旧情难续的伤痛。其构思巧妙，语言通俗明快，与唐人崔护所作《题都城南庄》诗"去年今日此门中，人面桃花相映红。人面不知何处去，桃花依旧笑春风"相比，同样是抒发对恋人的一往情深、莫名惆怅，但欧词写得更为深沉清切，直接启发了后来词人李元膺《茶瓶儿》（去年相逢深院宇）和辛弃疾《生查子》（去年燕子来）的创作。

减字木兰花

歌檀敛袂①，缭绕雕梁尘暗起②。柔润清圆，百琲明珠一线穿③。　　樱唇玉齿，天上仙音心下事④。留住行云,满坐迷魂酒半醺⑤。

① 歌檀:演唱时用的拍板。檀,檀木制成的拍板。欧阳炯《花间集序》:"举纤纤之玉指,拍按香檀。"敛袂:整理衣袖,演唱开始前的示敬动作。

② 缭绕句:形容歌声优美动听,余音袅袅,经久不息。《列子·汤问》:"昔韩娥东之齐,匮粮,过雍门,鬻歌假食。既去,而余音绕梁,三日不绝。"

③ 琲(bèi):贯。《文选·左思〈吴都赋〉》:"金镒磊珂,珠琲阑干。"刘逵注:"琲,贯也,珠十贯为一琲。"

④ 心下事:即心事。

⑤ 留住二句:留住行云,《列子·汤问》:"薛谭学讴于秦青,未穷青之技,自谓尽之,遂辞归。秦青弗止,饯于郊衢,抚节悲歌,声振林木,响遏(留止)行云。薛谭乃谢,求反,终身不敢言归。"坐,通"座"。醺,醉。

　　本词以夸张的手法,盛赞歌女高亢清越、宛转圆润的歌喉和出神入化的演唱技艺。

　　晚唐五代以来,骚人墨客以文会友,蔚为风气。文人酒席间每有歌妓传唱曲子歌辞，借以活跃气氛，侑酒佐欢。传唱的曲子来自"乐府相传"，歌辞则由"豪家自制"。现存最早的《云谣集杂曲子》、诗客曲子词集《花间集》以及《尊前集》，便是这样的背景下编纂而成的。女人、相思一类的咏叹占了其中相当多的篇幅。这是为了让传唱的歌女易于进入角色，取得声情并茂的艺术效果。欧阳修步入仕途时，风华正茂，意气风发，是位以风流自命的"漫浪者"，敏感多情，缠绵沉挚。他对冯延巳词情有独钟，手自抄录，耳濡目染中，自然能写出如此柔婉旖旎的小词。本词下阕"樱唇玉齿，天上仙音心下事。留住行云，满坐迷魂酒半醺"，正是对现场歌女酒客间彼此神授魂与的实录，道出了女子相思何以成为词的传统题材的内在奥秘。

南 歌 子

　　凤髻金泥带，龙纹玉掌梳①。走来窗下笑相扶。爱道画眉深浅、入时无②？　　弄笔偎人久，描花试手初③。等闲妨了绣工夫④。笑问双鸳鸯字、怎生书⑤。

① 凤髻：形若凤舞的发髻。金泥带：指束发的泥金丝条。龙纹：梳背刻有龙的花纹。玉掌梳：指手掌形的梳子。玉掌，极言其精致华贵。

② 爱道句：化用唐代诗人朱庆馀《闺意献张水部》中"画眉深浅入时无"诗句。画眉，《汉书·张敞传》记张敞为妻画眉，当时传为佳话，后常以"画眉"喻指夫妻闺房之乐。深浅，浓淡。入时无，问是否够时髦。

③ 描花：依照花样描摹。

④ 等闲：无端，随便。

⑤ 怎生书：怎么写。生，语词无义。

这是首闺房纪乐词。词从新妇理妆写起，继而以"走来窗下笑相扶"活画出新妇婷婷袅袅的轻盈体态和新郎对新妇眷爱情深。"爱道"二句不着痕迹地化用朱庆馀的诗句，点出新妇的撒娇撒痴以博新郎对她的赞

赏。过片伸足上文，以动作凸现伉俪情深。复以问话结
穴，把新妇写得娇声如闻，憨态可掬。全词格调清新秀
逸，情致缠绵。贺裳《皱水轩词筌》以为"词家须使读者
如身履其地，亲见其人，方为蓬山顶上"。接着列举了
五首名作，本词亦在其中，并称赏道："真觉俨然如在目
前，疑于化工之笔。"也有人因此惊叹："公老成名德，而
小词当行乃尔。"（《词洁辑评》卷二）

临　江　仙

柳外轻雷池上雨，雨声滴碎荷声①。小楼
西角断虹明。阑干倚处，待得月华生②。
燕子飞来窥画栋，玉钩垂下帘旌③。凉波不动
簟纹平④。水精双枕，傍有堕钗横⑤。

① 柳外二句：化用李商隐《无题四首》之二"飒飒东风细雨
　　来，芙蓉塘外有轻雷"和《宿骆氏亭寄怀崔雍崔衮》"秋阴不
　　散霜飞晚，留得枯荷听雨声"诗意，写夏日荷塘阵雨。

② 月华：月亮。

③ 玉钩：用玉制成的帘钩。帘旌：帘幕。

④ 凉波：指席子上的闪光。簟（diàn）：竹席。

⑤ 水精：即水晶。古代有以水晶镶饰的枕头，也有真用水晶
作枕的。钗：首饰。李商隐《偶题》："水文簟上琥珀枕，旁
有堕钗双翠翘。"为此语所本。

　　这首词当为明道元年（1032）夏，在宴席上为应歌
而作。作者别有《钱相中伏日池亭宴会分韵》诗一首，
中有"交谈霏玉麈，听曲跃文鱼"之句。梅尧臣也写了
《太尉相公中伏日池亭宴会》诗。此词上片写女主人公
待月怀人，下片追叙昼寝光景，并未涉及人物情致。不
假雕饰，自成绝唱。"凉波不动"三句，"善写丽情，未乖
贞则，自是雅奏"（俞陛云《两宋词选释》语）。钱世昭
《钱氏私志》有云："欧阳文忠任河南推官，亲一妓。时
先文僖（钱父惟演）罢政为西京留守，梅圣俞、谢希深、
尹师鲁同在幕下。""一日宴于后园，客集，欧与此妓不
至，移时方来。在坐相视以目，公责妓云：'末至何也？'

妓云：'中暑往凉堂睡着，失金钗，犹未见。'公曰：'若得
欧推官一词当为偿汝。'欧即席云：'柳外轻雷池上
雨……'坐皆称善，遂命妓满酌赏欧，而令公库偿钗，戒欧
公当少戢。不惟不恤，翻以为怨。"其实，钱惟演以使相名
分权西京留守期间，与谢绛、欧阳修、尹洙、梅尧臣之间就
官位论，上下悬殊。从创作倾向看，分明存在差异乃至对
立。但他从不横加干预，反倒在生活上给予关怀照顾，还
特意利用为双桂楼、临辕馆撰记的机会，让谢绛、尹洙、欧
阳修三人相互切磋写作技艺。再如他们游览嵩山，香山
阻雪，他还特意指派厨人传歌妓上山劳慰，让他们留在山
上赏雪。彼此之间平等相待，俨同僚友，略无芥蒂。正因
为如此，明道二年十二月钱惟演落平章事，移镇汉东随
州。临走时，欧阳修、梅尧臣等为之送别，竟至"相顾泪
潸潸"（《书怀感事寄梅圣俞》），足征其感情之深。

诉　衷　情

清晨帘幕卷轻霜，呵手试梅妆①。都缘自

有离恨,故画作远山长②。　　思往事,惜流芳③,易成伤。拟歌先敛④,欲笑还颦⑤,最断人肠。

① 呵(hē)手:呵气暖手。梅妆:梅花妆,古代妇女的一种面部化妆样式。《太平御览·时序部》引《杂五行书》:"宋武帝女寿阳公主人日卧于含章殿下,梅花落公主额上,成五出花,拂之不去。皇后留之,看得几时。经三日,洗之乃落。宫女奇其异,竞效之,今梅花妆是也。"这里喻指入时的面妆。

② 远山长:喻指修长而呈黛色的眉式。《西京杂记》:"文君姣好,眉色如望远山。"

③ 流芳:指青春年华的流逝。

④ 拟:准备。敛:这里指敛容正色,以示庄重。

⑤ 颦(pín):皱眉。

　　本词题作"眉意",似系后人所加。通篇尽是以眉传情,写得颇为别致。上片写画眉。由季节和时间切入思妇呵手试妆,然后转到画眉。以倒装的句式凸现特意

画作远山眉的缘由，用率性的动作袒露埋藏心灵深处的
离情别绪，以远山眉长像喻悠悠离恨，为下文先作铺垫。
下片抒离情。过片承上启下，复以"拟歌先敛，欲笑还
颦"的尴尬，展示其欲哭无泪、啼笑皆非的伤痛，卒以
"最断人肠"收煞，激起共鸣。全词通篇白描，细腻而又
准确地谱写了思妇沉着深挚的心曲。这样的写法在以
前并不多见。

非 非 堂 记

权衡之平物①，动则轻重差，其于静也，锱
铢不失②。水之鉴物，动则不能有睹，其于静
也，毫发可辨③。在乎人，耳司听，目司视，动则
乱于聪明，其于静也，闻见必审④。处身者不为
外物眩晃而动⑤，则其心静，心静则智识明，是是
非非⑥，无所施而不中。夫是是近乎谄⑦，非非近
乎讪⑧，不幸而过，宁讪无谄。是者，君子之常，

是之何加。一以观之⑨,未若非非之为正也。

予居洛之明年⑩,既新厅事,有文纪于壁末⑪。营其西偏作堂,户北向,植丛竹,辟户于其南⑫,纳日月之光。设一几一榻,架书数百卷,朝夕居其中。以其静也,闭目澄心,览今照古,思虑无所不至焉。故其堂以非非为名云。

① 权衡:称量物体轻重的器具。权,秤锤。衡,秤杆。

② 锱(zī)、铢(zhū):都是古代极小的计量单位。

③ 鉴:照,反映。毫发:极言细小。

④ 聪:听觉。明:视觉。审:真实。

⑤ 处身者:立身处世的人。外物:身外之物,指名利、地位、荣誉等。眩晃:迷惑。

⑥ 是是非非:肯定正确,否定错误。前一字作动词用。

⑦ 谄(tāo):隐讳。《晏子春秋·内篇问下二十六》:"和于兄弟,信于朋友,不谄过,不责得。"

⑧ 讪:讥刺,诽谤。

⑨ 一以观之:综合起来观察。

⑩ 居洛之明年:欧阳修于天圣九年(1031)到洛阳任职,第二年改元明道。

⑪ 有文句:指作者所撰《河南府重修使院记》。

⑫ 营其句:指在官署西侧构建非非堂。辟户:开窗户。

本篇以议论为主,行文简古,通篇不过二百多字,却提出了两个颇具哲理性的命题。一是明辨是非必须摆脱名誉地位的困惑,才能平心静气地观察事物,作出正确的判断。这一见解承传自《庄子·天道》篇:"万物无足以铙心者,故静也。水静则明烛须眉,平中准,大匠取法焉。水静犹明,而况精神!圣人之心静乎,天地之鉴也,万物之镜也。"作者认为"处身者不为外物眩晃而动",才能心静;心静,才会明智。二是准确把握是是非非的标准。唯唯诺诺,隐讳失误,是不可取的;否定错误过了头就会近乎诽谤。比较而言,"不幸而过,宁讪无谄"。也就是说,宁肯担风险,被指为讪谤,也要"非非",而不要一味奉承,讳言失当之处。" 以观之,未若非非之为正也。"这是文章核心之所在,起到了点醒题目的作用。欧阳修身体力行,勇于非非,敢于针砭时弊,虽迭遭贬谪而在所不惜。它初步展示了作者矫世变俗的过人胆识。此记用意深远,简而有法,颇具特色。

玉 楼 春

　　尊前拟把归期说,未语春容先惨咽①。人生自是有情痴,此恨不关风与月②。　　离歌且莫翻新阕③,一曲能教肠寸结。直须看尽洛城花,始共春风容易别④。

① 尊前二句:极写难舍难分的情怀。春容,娇好的容貌。李白《古风》一一:"春容舍我去,秋发已衰改。"惨咽,凄极而凝咽。

② 风与月:借指男女恋情。

③ 翻:演唱,演奏。阕(què):歌曲或词一首曰阕,此指曲调。

④ 直须:该当,正当。洛城花:特指牡丹。容易:草草,马虎,随便。

牡丹历来有花王之誉，洛阳牡丹更是名甲天下。欧阳修对它情有独钟，以至于痴迷。在其心目中，牡丹是洛阳百花的代表，春的化身，美的象征。在这首词里称之"洛城花"，在下面一首《浪淘沙》里更简称作"花"。后来，他还特意写了《洛阳牡丹记》，在记中不无遗憾地写道："余在洛阳，四见春。天圣九年三月，始至洛，其至也晚，见其晚者。明年，会与友人梅圣俞游嵩山少室、缑氏岭、石唐山、紫云洞，既还，不及见。又明年，有悼亡之戚，不暇见。又明年，以留守推官岁满解去，只见其早者。是未尝见其极盛时，然目之所瞩，已不胜其丽焉。"可见本词结穴二句与发端遥相对应，着"直须"二字带有祈使转折的意味，"看尽洛城花"并非实录。

此词以伤离惜别起始，转而以"人生自是有情痴，此恨不关风与月"二句折入理性的反省与思考，同时也含蕴着依依惜别的婉转深情，甚至把风花雪月都撇在了一边。过片回应发端，再用"且莫"二字点醒，让人从"离歌"的深悲中解脱出来，陡然以"直须看尽洛城化，始共春风容易别"收煞，引发出遣玩的豪兴，用赏爱人

世间美好事物的深情来遣散因悲欢聚散无常而产生的
伤慨。这种豪宕的意兴情致,正折射出作者与众不同的
个性,也体现出欧词的一大特色。因此,王国维《人间
词话》称赞欧词"于豪放之中有沉着之致,所以尤高"。

浪　淘　沙

　　把酒祝东风,且共从容①。垂杨紫陌洛城
东②。总是当时携手处,游遍芳丛③。　　聚
散苦匆匆④,此恨无穷。今年花胜去年红⑤。
可惜明年花更好,知与谁同!

① 把酒二句:司空图《酒泉子》:"黄昏把酒祝东风,且从容。"
　　为其所本。祝,祈祷,祈求。
② 紫陌:城郊的道路。洛城:洛阳。
③ 芳丛:花丛。
④ 聚散:团聚和分离。
⑤ 花:这里专指牡丹。作者《洛阳牡丹记》云:"洛阳亦有黄

芍药、绯桃、瑞莲、千叶李、红郁李之类，皆不减他出者，而洛阳人不甚惜，谓之果子花，曰某花、某花。至牡丹，则不名，直曰花，其意谓天下真花独牡丹，其名之著，不假曰牡丹而可知也。其爱重之如此。"

"幕府最盛多交朋。"欧阳修初到洛阳，成了留守钱惟演的幕僚，在这里结识了尹源、富弼、张先、孙祖德等人，更与梅尧臣、尹洙、杨愈、王复等结为"七友"，"以文章道义相切劘"，并戏以"八老"相称。可惜好景不长。先是，梅尧臣因河南通判是其妻兄，由河南县主簿调任河阳县（今河南孟州南）主簿。好在相去不远，可以经常往返于河洛之间，还能相与切磋诗文。明道二年（1033）九月，钱惟演被劾，降知随州，年底饯别后，梅尧臣又忙着赴京应试。谢绛任满赴京。在此期间，王顾东归，杨愈秩满，张汝士英年早逝……洛阳文学集团的盟友，一时风流云散。欧阳修只能发出"乐事不可极，酣歌变为叹"的感喟。此词开头两句与前首词《玉楼春》结末"直须看尽洛城花，始共春风容易别"近似，但不独有已然、未然之别,且情调也不相同。本词上片追忆往昔携手踏青寻芳之乐,下片则感发如今聚散匆匆之恨。"今年"与"明年"对举,预感后会悠悠。词意层层推进,曲折入深。飞扬的遣玩之兴已为沉重的伤离悲慨所掩,看来当是他秩满离洛之前所作。

踏 莎 行

候馆梅残①,溪桥柳细,草薰风暖摇征辔②。离愁渐远渐无穷,迢迢不断如春水③。 寸寸柔肠,盈盈粉泪④,楼高莫近危栏倚⑤。平芜尽处是春山⑥,行人更在春山外。

① 候馆:旅舍。《周礼·地官·遗人》:"五十里有市,市有候馆。"郑注:"候馆,楼可以观望者也。"
② 薰:蕙草,一名铃铃香。《左传》僖公四年:"一薰一莸。"本是香草名,后来转作形容词,又引申为香气。摇征辔:意为策马启程。辔(pèi),驾驭牲口的缰绳。

③ 迢迢：遥远貌。

④ 盈盈：形容泪水充溢。

⑤ 危栏：高楼上的栏杆。

⑥ 平芜：杂草丛生的原野。

这是首情深意远、缠绵悱恻的离情词。上片写行人旅途中所见所感。由启程发端，接下来便借眼前景抒离别情："离愁渐远渐无穷，迢迢不断如春水。"意境与李后主《清平乐》"离恨恰如春草，更行更远还生"一样，即景设喻抒情，情融景会，亦赋亦比亦兴。两者异曲同工，各臻化境；而本词"离愁"二句，更绵远有致。下片写行人对居者的想象。过片"寸寸柔肠，盈盈粉泪"，显示思妇的缠绵深挚。接下来一句"楼高莫近危栏倚"，是行人对闺中人的关爱与体贴，很自然地引出"平芜尽处是春山，行人更在春山外"的结拍二句，伸足上句，从居者心眼中说到行人，似乎可画，却为画所难及。其前后呼应，浑然一体；柔情如水，耐人品味。

二、壮年犹勇为，刺口论时政（1034—1043）

　　景祐元年（1034）三月，欧阳修西京留守推官任满，怀着对嵩山、伊水的无限依恋之情离开洛阳。五月，回京待命。其时，曾当面顶撞过枢密使王曙，但还是被推荐召试学士院。六月，授宣德郎、试大理评事兼监察御史、充镇南军节度掌书记、任馆阁校勘。馆阁校勘的职责是校核、整理馆藏的皇家图书，落实到欧阳修身上，就是仿效唐开元四部（经、史、子、集）预修详细书目。乍看起来，整理古籍无关宏旨，实则"因其校雠，得以考阅，使知天地事物，古今治乱，九州四海，幽荒隐怪之说，无所不通"（《上执政谢馆职启》）。欧阳修被选入馆，在学术上得到了深造的机会，《新五代史》的拟意编纂也始于此时。但在生活上，他却连遭不幸：景祐二年七月，妹夫张龟正病死襄城，九月续弦杨氏又以疾卒。屡受打击，使他"心衰面老"、"瘦骨清如冰"，但他并没有一头栽倒在故纸堆里，而是仍然执着地注视现实，遇有不合理的事情，总是挺身而出，直陈己见。这年冬天，御史石介上书触怒仁宗，幸亏枢密使王曾从容解救，才幸免于难。欧阳修不知就里，贸然上书责怪御史中丞杜衍不敢仗义执言。信的内容思辨缜密，恳切感人，这从一个侧面反映出他守正刚直的个性。

石介的旋辟旋罢，在那个风云瞬息骤变的政治舞台上还仅仅是一段小插曲，北宋朝廷两派政治力量角逐的大幕正徐徐拉开。一边是以吕夷简为首领的守旧派，一边是以范仲淹为代表的革新派。如果说明道二年（1033）围绕郭皇后的废留，他们之间的冲突已揭开了序幕的话，那么景祐三年（1036），范仲淹向皇帝进献百官图，则可算是他与吕夷简之间的第一次正面较量。

先是，范仲淹刚从苏州应召入京，为礼部员外郎、天章阁待制，旋知开封府。鉴于当时官吏进用多出吕夷简私门，仲淹干脆呈献百官图，指出百官进退"不宜全委宰相"。吕夷简于是怀恨在心，后来利用仁宗征求迁都问题的机会，诬称仲淹"迂阔，务名无实"，又对他所进"帝王好尚"等四论恼羞成怒，当着仁宗的面污蔑仲淹"越职言事，荐引朋党，离间君臣"。仁宗最后还是倒向了吕夷简一边，范仲淹被谗落职，贬知饶州；同时又采纳侍御史韩渎的建议，把范仲淹"朋党"、"越职"等"罪"张榜朝堂，以警百官。十天之内，范仲淹、余靖、尹洙接二连三遭到贬黜。右司谏高若讷也随波逐流、推波助澜，非但一言不发，反而私下诋毁范仲淹"狂言自取谴辱，岂得谓之非辜"。这就触怒了嫉恶如仇的欧阳修。他全然不顾朝廷"戒百官越职言事"的诏令，写下了传诵千古的《与高司谏书》。高若讷读过后，就将信交给仁宗。仁宗盛怒之下将欧阳修贬为夷陵（今湖北宜昌）令。短短十二天之内，四位朝臣相继被逐，朝廷上下，一时阴霾弥天。唯独西京留守推官蔡襄写了《四贤一不肖诗》，赞许范仲淹等四位贤者，直斥高若讷不肖。欧阳修在《与尹师鲁第一书》里写道："盖已知其（高若讷）

非君子，发于极愤而切责之，非以朋友待之也。"可见这时欧阳修已不再是倒冠落佩的洛阳才子，而成了以古文为武器直接参与政治斗争的干将了。

范仲淹、欧阳修等与吕夷简一伙的首次较量是十一世纪三十年代宋王朝政治生活中一个重大事件。它是"庆历党议"的前奏。

贬谪夷陵，时值大暑。欧阳修带着老母寡妹匆匆离京，沿汴水，渡淮河，溯江而上，赶赴贬地。他在《初出真州泛大江作》诗里记述了旅途的艰辛。在这场主持正义的政治斗争中落得如此结局，心情当然无法平静。当他读到李翱《幽怀赋》时，不禁"置书而叹"，把自己读后所激起的忧国愤世的激情写入了《读李翱文》里。由开封登舟前往贬所，一路上先后受到石介、田况、余靖、杨察、许元、滕宗谅以及异母兄欧阳晒等亲朋故旧的盛情款待。抵达江陵建宁县时，欧阳修收到峡州军事判官丁宝臣殷勤致意的来信；将入峡州境时，知事朱庆基又率僚属"远郊迓之"。这　切都使他喜出望外，"遂无逐臣之色"。

到了贬所,他就给难友尹师鲁写了一封信。信中特意道及与余靖相见时的一席谈话:

> 每见前世有名人,当论事时,感激不避诛死,真若知义者;及到贬所,则戚戚怨嗟,有不堪之穷愁形于文字,其心欢戚无异庸人,虽韩文公不免此累,用此戒安道,慎勿作之戚戚文。师鲁察修此语,则处之之心又可知矣。

对韩愈被贬后的患得患失作了毫不留情的批评,并以此自诫,与友人互励。作者宁折不弯的骨气,由此灼然可见。

夷陵因西北有夷山而得名,滨临大江。地僻民贫,古称荆蛮,仅有一二千户,汉族与少数民族杂居,"蛮乡言语不通华",住房条件极差,与繁华富庶的汴京和洛阳相比,真有霄壤之别。好在时任知州的朱庆基来此后,经过一年悉心整治,城市环境已稍有改观;且对忠而见谤、被逐到此的欧阳修深表同情,日相劳慰,不时燕集,同时还特意为欧阳修在官舍旁盖了高敞明朗的居所。为此,欧阳修写了《夷陵县至喜堂记》,刻石藏之于壁,以表谢意。身处逆境的欧阳修勤于职守,谨慎办事。公余之暇,取架间陈年公案反复观看,发现其中枉直乖错不可胜数。其地文化落后,诤讼甚多,田契不明,官书无簿籍,吏曹不识字,简直不像是官府衙门,因而深感有整饬吏治的必要。他进而清醒地意识到"大抵文学止于润身,政事可以及物"。以后,他与学者谈话的侧重点也随之发生了根本性变化:即由先前"莫不以道德文章为欲闻者",转而为"多数人吏事"(《能改斋漫录》)。这种经历对欧阳修日后的仕宦生涯与文学创作都产生了极为深刻的影响。他的目光也因此由统治集团上层投向了地方以至民生疾苦。

在夷陵期间,与欧阳修过从最密的有峡州军事判官丁宝臣、推官朱处仁以及不求闻达、以博学孝义著名的何参处士。与他仍保持书信往来、诗歌唱和的,则有许州(今河南许昌)法曹参军谢伯初,一次从远道送来一方古瓦砚及近著诗文三轴,欧阳修有诗、信答谢外,还为谢伯初的妹妹希孟写了《谢氏诗序》,又在《古瓦砚》诗里借题发挥,表达了他对选拔人才宜重实用的看法,并流露出对朝廷当时用人徒务虚名的不满。

上司的关切、远近新知旧雨的照看给他带来了温暖和快慰;夷陵宜人的山水景色,更为枯燥的贬谪生活平添了无穷的乐趣。欧阳修在此期间一共写出了20多首记游诗,其中有《夷陵九咏》、《戏答元珍》等名篇。当然,此时心境与在洛阳时已大不相同。"少年把酒逢春色,今日逢春头已白。异乡物态与人殊,惟有东风旧相识"(《春日西湖寄谢法曹歌》),"西陵长官头已白,憔悴穷愁愧相识"(《代赠田文初》),字里行间都不免流露出一些人生的伤感。然而作为政治家,欧阳修毕竟胸襟开阔,目光敏锐深邃,总能找到某种慰藉来驱散心中的郁闷:"行见江山且吟咏,不因迁谪岂能来!"(《黄溪夜泊》)即景抒情、托物言志之作时或有之。《至喜堂新开北轩手植楠木两株走笔呈元珍表臣》诗云:"不向芳菲趁开落,直须霜雪见青葱。"歌颂楠木,也体现了诗人自己不趋时争胜、坚贞不渝的品格与节操。它如《黄杨树子赋》的弦外之音,也很耐人品味。

景祐四年(1037)年底,欧阳修由夷陵移光化军乾德令。谪居夷陵首尾才一年多。时间虽不长,收获却不小。"经年迁谪厌荆蛮,唯有江山兴未阑"(《离峡州后回寄元珍表臣》)。所作诗文或展示夷陵民情风物,或倾注对夷陵依恋之情,或抒发迁谪之感,约有四五十篇,为日后的文学创作奠定了坚实的基础。在探索经旨方面,他先后写了《易童子问》、《易或问》、《春秋论》、《春秋或问》、《诗解》等。本着"务究大本"、"不过求圣人之意自立异论"的原则,大胆地提出"一人之见",遂开"舍传求经"的一代新风。根据《春秋》褒贬义例编纂《新五代史》,也从景祐四年元旦开始启动。由此看来"庐陵事业起夷陵,眼界原从阅历增"(《随园诗话》引庄有恭诗句)。这话是很切合实际的。

乾德(今湖北老河口)离京师稍近。第二年三月,欧阳修离开山城到任。与夷陵相比,这里饮食医药条件优越得多,但自然景观和文化氛围却差多了。因此,心情并不舒畅。明年春,梅尧臣离京出任襄城县令,刚好谢绛要到邓州赴任,于是两人相约先到邓州与欧阳修相会。乾德去邓州只有百来里的路程,三人如约,在邓州、乾德之间的清风镇会面,一起"乘馀闲,奉樽俎,泛览水竹,登临高明,欢然之适,无异京洛之旧"(《与谢舍人书》二)。可惜十天之后三人就各奔前程了。

六月,欧阳修复旧官、权武成军节度判官厅公事。明年(1040)春,作者由襄城到达滑州(今属河南)任所。先是,西夏主元昊称帝,与宋、辽争衡,宋军兵败延州三川口,西部边庭告急。仁宗迫不得已,任命范仲淹为龙图馆直学士、陕西经略安抚副使、同管勾都部署司事,担负起指挥对西夏作战的重任。范仲淹想奏请欧阳修担任掌书记,不料被欧阳修拒绝,理由是不好四六,"惧无好辞以辱君命"。不过,他对范仲淹所肩负的重任还是关切备至,在答书中特别提醒范仲淹要广罗人才。

事隔不久,欧阳修应召回京,恢复馆阁校勘职务,重操旧业,编纂《崇文总目》。这时恰好梅尧臣也正滞留在京,两人曾有短暂的相聚。虽然曾有越职言事、得罪权贵、贬谪外放的经历,欧阳修回京后指陈时弊的勇气和锐气却仍不减当年。他抓住朝廷当时"尽除越职之禁"、广开言路的机遇,呈递了长达四千余字的《通进司上书》,从分析西部边事入手,就改善和强化防御能力献计献策,提出"通漕运、尽地利、权商贾"三项建议,变消极防御为积极防御,使西北边地的形势得以根本改观。

庆历元年(1041)十二月,《崇文总目》编纂成书,改集贤校理。欧阳修居清要之职,他的非凡才干很快就被宋祁发现。宋祁递状向朝廷举荐,由欧阳修知制诰,接替自己。可是当时吕夷简仍权倾朝野,此议未能付诸实施。

庆历二年(1042)五月甲寅,仁宗下诏三馆臣僚上封事及听请对,欧阳修递呈《准诏言事上书》,面对"人心怨于内,四夷攻于外"危难局势,条陈内外交困的根源乃在于"三弊"、"五事"的严重存在,并提出解决的唯一办法在于皇权独揽、朝纲独断,矛头直指吕夷简的任人唯亲、结党营私。这份奏议与随后范仲淹他们提出的庆历新政纲领——《答手诏条陈十事》的基本精神是一致的。前人有评:"通达国体,洞悉事机,于汉可方贾谊、晁错,于唐可近魏徵、陆贽。"(《欧阳文忠公文选》引顾雪畴评)茅坤说:"欧公经略已具见其概矣。"(《唐宋八大家文钞》卷二九)只是当时并没有受到朝廷的重视。这份奏疏所表述的政治、军事主张,实为其所作《论按察官吏札子》、《论按察官吏第二状》、《再论按察官吏状》、《论军中选将札子》、《言西边事宜第一状》等文的最初张本。与前此所作,如评论西夏战事的《通进司上书》和揭橥诱民、兼并、力役三弊的《原弊》相比,论述更为全面。于此可见欧阳修在政治上的日趋成熟。

原先,"吕夷简当国,人莫敢抗"。唯独右正言、知制诰、史馆修撰富弼"论数事倾之"。于是,富弼被吕夷简视为眼中钉、肉中刺。这时宋王朝回击西夏进扰正处于相持阶段,吕夷简乘机打发富弼出使契丹议和。欧阳修洞察其奸,认为富弼是当朝重臣,不宜出使,并为此上书朝廷。结果与陈三弊五事一起,被大权独揽的吕夷简扣下不报。作者眼看在京无所作为,加之贫困所逼,乃自请外任。

与高司谏书①

　　修顿首再拜白司谏足下②：某年十七时，家随州，见天圣二年进士及第榜，始识足下姓名。是时予年少，未与人接，又居远方，但闻今宋舍人兄弟与叶道卿、郑天休数人者，以文学大有名，号称得人③。而足下厕其间④，独无卓卓可道说者，予固疑足下不知何如人也。其后更十一年，予再至京师，足下已为御史里行⑤，然犹未暇一识足下之面，但时时于予友尹师鲁问足下之贤否，而师鲁说足下正直有学问，君子人也，予犹疑之。夫正直者不可屈曲，有学问者必能辨是非，以不可屈之节，有能辨是非之明，又为言事之官，而俯仰默默，无异众人，是果贤者邪？此不得使予之不疑也。自足下为谏官来，始得相识，侃然正色，论前世事，历历可听，褒贬是非，无一谬说。噫！持此辩以

示人，孰不爱之？虽予亦疑足下真君子也。是
予自闻足下之名及相识，凡十有四年，而三疑
之。今者推其实迹而较之，然后决知足下非君
子也。

前日范希文贬官后⑥，与足下相见于安道
家⑦，足下诋诮希文为人。予始闻之，疑是戏
言；及见师鲁，亦说足下深非希文所为，然后其
疑遂决。希文平生刚正，好学通古今，其立朝
有本末⑧，天下所共知，今又以言事触宰相得
罪。足下既不能为辨其非辜，又畏有识者之责
己，遂随而诋之，以为当黜。是可怪也。夫人
之性，刚果懦软，禀之于天，不可勉强，虽圣人
亦不以不能责人之必能。今足下家有老母，身
惜官位，惧饥寒而顾利禄，不敢一忤宰相以近
刑祸，此乃庸人之常情，不过作一不才谏官尔。
虽朝廷君子，亦将闵足下之不能，而不责以必
能也。今乃不然，反昂然自得，了无愧畏，便毁

其贤⑨，以为当黜，庶乎饰己不言之过。夫力所不敢为，乃愚者之不逮⑩；以智文其过，此君子之贼也⑪。

且希文果不贤邪？自三四年来，从大理寺丞至前行员外郎，作待制日，日备顾问，今班行中无与比者⑫。是天子骤用不贤之人？夫使天子待不贤以为贤，是聪明有所未尽。足下身为司谏，乃耳目之官⑬，当其骤用时，何不一为天子辨其不贤，反默默无一语，待其自败，然后随而非之？若果贤邪，则今日天子与宰相以忤意逐贤人⑭，足下不得不言。是则足下以希文为贤，亦不免责；以为不贤，亦不免责。大抵罪在默默尔。

昔汉杀萧望之与王章⑮，计其当时之议，必不肯明言杀贤者也，必以石显、王凤为忠臣，望之与章为不贤而被罪也。今足下视石显、王凤果忠邪，望之与章果不贤邪？当时亦有谏臣，

必不肯自言畏祸而不谏,亦必曰当诛而不足谏
也。今足下视之,果当诛邪? 是直可欺当时之
人,而不可欺后世也。今足下又欲欺今人,而
不惧后世之不可欺邪? 况今之人未可欺也。

伏以今皇帝即位已来⑯,进用谏臣,容纳言
论。如曹修古、刘越,虽殁犹被褒称⑰,今希文
与孔道辅,皆自谏诤擢用⑱。足下幸生此时,遇
纳谏之圣主如此,犹不敢一言,何也? 前日又
闻御史台榜朝堂,戒百官不得越职言事⑲,是可
言者惟谏臣尔。若足下又遂不言,是天下无得
言者也。足下在其位而不言,便当去之,无妨
他人之堪其任者也。昨日安道贬官,师鲁待
罪⑳,足下犹能以面目见士大夫,出入朝中称谏
官,是足下不复知人间有羞耻事尔! 所可惜
者,圣朝有事,谏官不言,而使他人言之。书在
史册,他日为朝廷羞者,足下也。

《春秋》之法,责贤者备㉑。今某区区犹望

足下之能一言者，不忍便绝足下，而不以贤者责也[22]。若犹以谓希文不贤而当逐，则予今所言如此，乃是朋邪之人尔[23]。愿足下直携此书于朝，使正予罪而诛之，使天下皆释然知希文之当逐，亦谏臣之一效也[24]。

　　前日足下在安道家，召予往论希文之事，时坐有他客，不能尽所怀，故辄布区区[25]，伏惟幸察。不宣[26]。修再拜。

① 高司谏，指高若讷。天圣二年（1024）进士及第，时任左司谏。《宋史·职官志》："左散骑常侍、左谏议大夫、左司谏、左正言，同掌规谏讽谕。凡朝政阙失，大臣至百官任非其人，三省至百司事有违失，皆得谏正。"

② 足下：古代书信中对同辈的敬称。

③ 宋舍人兄弟：指宋庠、宋祁兄弟，均为学者、文学家。舍人，官名，隋唐时为撰写诏诰的专职官员。宋代仍有中书舍人，泛称在宫廷任职的官员。道卿，叶清臣的字，时任太常丞，后官至翰林学士。天休：郑戬的字，官至枢密副使。二

人亦以文学知名。得人：获得人才。

④ 厕：杂列。

⑤ 御史里行：官名，相当于见习御史。

⑥ 希文：范仲淹的字。

⑦ 安道：余靖的字。

⑧ 有本末：意谓办事认真，善始善终。

⑨ 便毁：肆意诋毁。

⑩ 不逮：不如，不及。

⑪ 智：机巧。文：掩饰。过：过错。贼：败类。

⑫ 自三四年来五句：写范仲淹深得皇上的信任，官位升迁之速，在朝官中无与伦比。大理寺丞，指范仲淹出仕不久，监泰州西溪盐税，"以劳进大理寺丞"之事。前行员外郎，当时范仲淹任吏部员外郎，吏部在宋代尚书省六部所分三行（三等）中属前行。待制，宋代于各殿阁设待制之官，备顾问之用，位次于直学士。此指景祐二年（1035）二月，范仲淹由知苏州迁礼部员外郎、天章阁待制。日备顾问，经常准备回答皇帝的询问。班行，朝班的行列，即官位的次序。

⑬ 耳目之官：谏官负责纠察朝政，充当皇帝耳目。

⑭ 忤意：违背意志，意谓触怒。逐：罢黜。

⑮ 萧望之：字长倩，汉宣帝时任太子太傅。宣帝寝疾，受遗诏
　辅政。后因事被弘恭、石显诬陷，以致饮鸩自杀。王章：汉
　元帝时擢为左曹中郎将，因反对石显被免官。成帝时，迁
　京兆尹。因上奏权臣王凤不可用而被陷，死于狱中。

⑯ 今皇帝：指宋仁宗赵祯。

⑰ 曹修古：字述之，曾任殿中侍御史，《宋史》本传说他"立朝
　慷慨有风节，当（章献皇）太后临朝，权幸用事，人人顾望畏
　忌，而修古遇事辄言，无所回挠"。仁宗亲政，修古已死，
　"帝思修古忠，特赠右谏议大夫"。刘越：字子长，曾任秘书
　丞，与滕宗谅同时上疏请太后还政。皇太后死后，仁宗"擢
　尝言还政者，越已卒，赠右司谏"（见《宋史·滕宗谅传》）。

⑱ 孔道辅：明道二年（1033），召为谏议大夫、权监察御史。会
　仁宗废郭皇后，道辅率谏官范仲淹等十人上章谏止，并与
　权相吕夷简论驳，因而见黜外任。三年后复入，为御史
　中丞。

⑲ 前日二句：指景祐三年（1036）五月，范仲淹以讥刺权臣落
　职贬外后，"侍御史韩渎希夷简意，请以仲淹朋党榜朝堂，
　戒百官越职言事者，从之"（详参《宋史纪事本末·庆历党
　议》）。遂诏示百官除谏官外，不准超越本职职责范围议论

朝政。

⑳ 安道贬官：余靖对范仲淹以言事被贬，在廷论救，因此被贬为监筠州酒税。师鲁待罪：尹师鲁也因范仲淹事上疏皇帝，自谓"常以范仲淹直谅不回，义兼师友"，"固当从坐"，"乞从降黜"，后被贬为郢州监酒。但作者写信时尚未处理，因称"待罪"。

㉑《春秋》二句：《新唐书·太宗本纪》赞："《春秋》之法，常责备于贤者。"意谓按照《春秋》义例，要求贤者尽善尽美。备，完美无缺。

㉒ 今某三句：意谓我仍希望你能站出来说话，不忍心就此断绝和你的关系，不用贤者的标准来要求你。区区，自谦之词。下文的"区区"是说内心的想法。

㉓ 若犹三句：意谓如果仍以为范仲淹不贤而应当逐退，那么我现在这样说，就是与邪恶结党的小人了。犹，仍然。朋邪，与邪恶小人结党营私。

㉔ 愿足下四句：意谓如果那样，这也算是你的一份功劳了。这是反讥语。

㉕ 辄：特。布：表述。

㉖ 不宣：古代书信结束时的套语，是言犹不尽的意思。

本文由三"疑"起始,用欲擒故纵的手法,由表及里,逐层剥去高若讷的伪装,暴露其"非君子"的本相。然后紧紧抓住他在范仲淹以言事忤宰相后的拙劣表演,层层推进,指明其不止是"惧饥寒而顾利禄"的"庸人"、全身远祸的"不才谏官",更是个"饰词以诋贤者"、颠倒黑白的"君子之贼"。在"戒百官不得越职言事"的特殊情况下,作为谏官"于职当谏"而"畏祸"不谏,"便当去之,无妨他人之堪其任者",而高若讷居然"犹能以面目见士大夫,出入朝中称谏官",适足以表明"不复知人间有羞耻事尔"。书之史册,也将是朝廷的耻辱。文章犀利泼辣,鞭辟入里,句句愤激,不暇含蓄。我们知道,欧阳修师法韩愈,得其意趣,而门径各异。韩文雄直,欧文纡馀。唯独本文径用直笔,并无一语委曲,骨法形貌都与韩文近似。

晚泊岳阳①

卧闻岳阳城里钟,系舟岳阳城下树②。
正见空江明月来,云水苍茫失江路。

夜深江月弄清辉，水上人歌月下归。

一阕声长听不尽，轻舟短楫去如飞^③。

① 岳阳：今湖南岳阳，宋代是岳州州治所在地。欧阳修《于役志》载，九月"己卯（四日），至岳州，夷陵县吏来接，泊城外"。

② 系舟：泊船。

③ 轻舟短楫：轻快的小船。楫，船桨。

　　这首七言古诗是欧阳修的名作之一。它以悠闲自适的笔触叙写夜泊岳阳城外的见闻。句句写景，展示出广阔无垠、苍茫一片的空间；渔舟唱晚自然会令人顿起漂泊江湖的万千思绪，而缕缕情思却又深藏不露。也许由于贬所县吏已来岳阳远迎的缘故，这首诗与当初溯江而上时所作《初出真州泛大江作》"孤舟日日去无穷，行色苍茫暮霭中。山浦转帆迷向背，夜江看斗辨西东"相比，同样是情融景会，但各自表露的心态却已发生了微妙的变化，读者自可从吟咏中细细品味得之。方东树说过："欧公情韵幽折，往反咏唱，令人低回欲绝，一唱三叹而有遗音。如啖橄榄,时有馀味。"(《昭昧詹言》卷一二)此诗可算是一个很好的例证。全诗八句,四句一韵。前四句,叙写目睹耳闻时空景色。后四句,仅首句为亲眼所见,后三句纯系诉诸听觉而引起的联想,想象在理,意近韵远,恍惚而又超脱;每句平仄合律,简直像一首优美的七绝。这正是初唐以来七言古体的新作法。

读 李 翱 文①

予始读翱《复性书》三篇,曰:此《中庸》之义疏尔②。智者诚其性,当读《中庸》。愚者虽读此,不晓也,不作可焉③。又读《与韩侍郎荐贤书》,以谓翱特穷时,愤世无荐己者,故丁宁如此,使其得志,亦未必然。以韩为秦汉间好侠行义之一豪隽,亦善论人者也④。最后读《幽怀赋》,然后置书而叹,叹已复读,不自休。恨翱不生于今,不得与之交;又恨予不得生翱时,与翱上下其论也⑤。

凡昔翱一时人,有道而能文者,莫若韩愈。愈尝有赋矣,不过羡二鸟之光荣,叹一饱之无时尔⑥。此其心使光荣而饱,则不复云矣。若翱独不然,其赋曰:"众嚚嚚而杂处兮,咸叹老而嗟卑。视予心之不然兮,虑行道之犹非。"⑦又怪神尧以一旅取天下,后世子孙不能以天下取河北,以为忧⑧。呜呼! 使当时君子皆易其叹老嗟卑之心,为翱所忧之心,则唐之天下岂有乱与亡哉!

然翱幸不生今时,见今之事⑨,则其忧又甚矣。奈何今之人不忧也? 余行天下,见人多矣,脱有一人能如翱忧者,又皆贱远,与翱无异⑩。其余光荣而饱者⑪,一闻忧世之言,不以为狂人,则以为病痴子,不怒则笑之矣。呜呼! 在位而不肯自忧,又禁他人使皆不得忧,可叹也夫! 景祐三年十月十七日,欧阳修书。

① 李翱（772—841），字习之，韩愈门生，有《李文公集》。

② 《复性书》：李翱研究人性的著作，有上、中、下三篇。关于人性，历来有孟子的性善说、荀子的性恶说和汉代扬雄的性善恶混说。李翱则取孟子的性善说。他以《中庸》为理论根据，将性与情分割开来，认为"情有善有不善，而性无不善也"，要求去情以复性。这是对韩愈观点的进一步发挥，成为宋代理学的先导。《中庸》：《礼记》中的一篇，传说为孔子的孙子孔伋所著。义疏：注解说明。

③ 智者五句：意谓聪明的人了解人性的涵义，应读《中庸》原作；愚笨的人虽读《复性书》仍搞不清楚，因此大可不写这样的文章。诚，原校"一作之识"。读，原校"一作复"。

④ 《与韩侍郎荐贤书》：即李翱《答韩侍郎书》，书云："如兄者颇亦好贤，必须甚有文辞，兼能附己顺我之欲，则汲汲孜孜无所忧惜引拔之矣。如或力不足，则分食食之，无不至矣。若有一贤人或不能然，则将乞丐不暇，安肯汲汲孜孜为之先后？此秦汉间尚侠行义之一豪隽耳，与鄙人似同而其实不同也。"下面七句，即是作者对此文的评价。韩侍郎，韩愈，曾仕吏部侍郎。特：只。

⑤ 上下其论：指讨论古今政事得失。

⑥ 羡二鸟之光荣：指韩愈于唐德宗贞元十一年（795）五月入
仕前所作《感二鸟赋》："感二鸟之无知，方蒙恩而入
幸。……时所好之为贤，庸有谓余之非愚。"意在借有人向
皇帝献二鸟之事，抒发自己不得志的感慨。

⑦ 其赋：指李翱的《幽怀赋》。嚣嚣：吵吵嚷嚷，喧哗貌。虑：
担心。行道之犹非：指当时政治形势失控，没上正轨。

⑧ 神尧：指唐高祖李渊，《新唐书·高祖本纪》："谥曰太武，
庙号高祖。上元元年（760），改谥神尧皇帝。"一旅：古代
五百人为一旅，这里指唐王朝发祥地的太原部队。后世子
孙：指安史之乱以后的皇帝。不能以天下取河北：不能凭
借大唐王朝的优势平定河北诸藩的割据势力。

⑨ 见今之事：指宋王朝西北地区不断受辽国和西夏的侵扰。

⑩ 脱：假使，万一。贱远：地位卑下、摈斥于边远地方。

⑪ 光荣而饱者：指达官显贵。

　　这篇读后感写在抵达夷陵贬所的前夕。文章运用
先抑后扬、抑彼扬此的手法，突现李翱生活于"众嚣嚣
而杂处兮，咸叹老而嗟卑"的中唐之世，竟在《幽怀赋》
里发出"虑行道之犹非"这样感时伤世的浩叹。正由于

如此卓荦不群,才使作者"置书而叹,叹已复读,不自休",在内心激起共鸣,并引以为不世之知己。作者进而以唐史为鉴,引出伤今的论题。纤馀委备,往复百折,临了逼出对"在位者"的愤激之词,点醒题旨。正如鲁迅所说:"'八大家'中的欧阳修,是不能算作偏激的文学家的罢,然而那《读李翱文》却有云:'呜呼,在位而不肯自忧,又禁他人使皆不得忧,可叹也夫!'也就悻悻得很。"(《花边文学·古人并不纯厚》)正因为如此,本文非同一般,它是一篇熔政论、抒情于一炉的愤世嫉俗的优美散文。清人林云铭说得好:"是篇虽赞李翱,却是借李翱作个引子,把自己一片忧时热肠血泪,向古人剖露挥洒耳。文之曲折感怆,能令古今来误国庸臣无地生活。"(《古文析义》卷一四)

黄杨树子赋 并序

夷陵山谷间多黄杨树子,江行过绝险处,时时从舟中望见之,郁郁山际,有可爱之色。独念此树生穷僻，不得依君子封殖备爱赏①，而樵夫野老又不知甚惜，作小赋以歌之。

若夫汉武之宫，丛生五柞②；景阳之井，对植双桐③。高秋羽猎之骑④，半夜严妆之钟⑤，凤盖朝拂⑥，银床暮空⑦。固已葳蕤近日⑧，的皪含风⑨，婆娑万户之侧，生长深宫之中。

岂知绿藓青苔，苍崖翠壁，枝蓊郁以含雾⑩，根屈盘而带石。落落非松，亭亭似柏，上临千仞之盘薄⑪，下有惊湍之濆激⑫。涧断无路，林高暝色，偏依最险之处，独立无人之迹。江已转而犹见，峰渐回而稍隔。嗟乎！日薄云昏，烟霏露滴，负劲节以谁赏，抱孤心而谁识？徒以窦穴风吹⑬，阴崖雪积，唬山鸟之嘲哳⑭，袅惊猿之寂历⑮。无游女兮长攀，有行人兮暂息。节既晚而愈茂，岁已寒而不易。乃知张骞一见，须移海上之根⑯；陆凯如逢，堪寄陇头之客⑰。

① 封殖：培育。

② 五柞：汉武帝时宫名。因有五柞树，故名。位于长安西南周至县境。

③ 景阳：南朝陈景阳殿井名，又名胭脂井，井畔植有两棵梧桐。

④ 羽猎：帝王出猎，士卒负羽箭随从。

⑤ 严妆：装束整齐。

⑥ 凤盖：皇帝仪仗的一种，指饰有凤凰图案的伞盖。

⑦ 银床：辘轳架。《杜诗详注》引《名义考》："银床乃辘轳架，非井栏也。"

⑧ 葳蕤(wēi ruí)：草木茂盛、枝叶下垂貌。

⑨ 的皪(lì)：洁白鲜明貌。

⑩ 蓊郁：浓密茂盛貌。

⑪ 盘薄：恣意逶迤延伸。

⑫ 濆(pēn)激：喷涌冲击。

⑬ 窦穴：山洞。

⑭ 哢(lòng)：鸟鸣。嘲哳(zhāo zhā)：声音嘈杂。

⑮ 寂历：犹寂静冷清。

⑯ 张骞(？—前114)：汉武帝时人，建元二年(前139)、元狩

四年(前119)先后奉命出使西域。

⑰ 陆凯:《荆州记》:陆凯与范晔相善,自江南寄梅花一枝,诣长安与晔,并赠花诗曰:"折花逢驿使,寄与陇头人。江南无所有,聊赠一枝春。"按:西晋陆凯,是陆机的宗人,北魏陆凯卒于魏宣帝正始初(504)左右,与范晔(398—445)年岁不相及,且刘宋范晔未尝使魏,陆凯亦未见至南。也许南朝别有陆凯尝赠诗与姓范者,因范晔文名藉甚,遂移及之。这里"陆凯如逢"与上文"张骞一见",都是推想假设之词,以示黄杨树子可以作为稀见的珍品赠与友人。

　　这是作者初到贬所后即景抒情、托物比类之作。夷陵位于三峡出口处,山川秀丽,形势险要。沿岸绝险处黄杨树子郁郁葱葱。黄杨树子即黄杨树,常绿乔木,因其躯干矮小,故树名后缀以"子"字,一称"瓜子黄杨"。当时既不为文人雅士所赏,也不为樵夫野老珍惜。欧阳修却用浓墨重彩,为它谱写了一曲赞歌。"偏依最险之处,独立无人之迹"、"负劲节以谁赏,抱孤心而谁识?"体现出黄杨树质朴倔强的气质。节令愈晚,枝叶益茂;

岁晏天寒,犹不凋零:可见其经得住风霜雨雪的煎熬,具有老而弥坚的品格。作者从黄杨树那里得到启示和力量。黄杨树平凡而又坚韧的形象,又何尝不是作者的自我写照!它与《至喜堂新开北轩手植楠木两株走笔呈元珍表臣》诗取径相似,有异曲同工之妙。

就赋体的发展流变角度来看,以文为赋,去风雅日远。惟独这篇"词气质直,虽是宋派,其格律则犹唐人之遗"(李调元《赋话》卷五),有其一定的研究价值。

戏 答 元 珍①

春风疑不到天涯,二月山城未见花②。

残雪压枝犹有橘,冻雷惊笋欲抽芽③。

夜闻归雁生乡思,病入新年感物华④。

曾是洛阳花下客,野芳虽晚不须嗟⑤。

---

① 戏:嘲弄。这里是指以自嘲的心态,来回答丁元珍的赠诗。

元珍:姓丁,名宝臣。景祐元年(1034)进士及第,为峡州军事判官。

② 天涯、山城：均指夷陵。

③ 冻雷：初春的雷声。传说笋经春雷才破土而出。

④ 乡思：怀乡的情思。隋薛道衡《人日思归》诗："人归落雁后，思发在花前。"本诗二、五两句与薛诗暗合。物华：犹物的精华，泛指美好的自然景色。

⑤ 曾是二句：意谓曾经在洛阳观赏过牡丹，对夷陵野花的迟开并不介意，无须嗟叹。

　　这首七言律诗写于景祐四年（1037），是欧阳修的得意之作。万事开头难，写诗也是如此。欧阳修在《笔说·峡州诗说》里写道："'春风疑不到天涯，二月山城未见花。'若无下句，则上句何堪；既见下句，则上句颇工。文意难评，盖如此也。"倒装的句式强化了山城的荒寒和寥落。其心情自己心照不宣。突兀的发端为后面写景抒情预留了空间。颔联紧承首联撷取夷陵的土特产橘和笋，从视觉听觉两个不同的层面，一实一虚传递出春来的信息，然后由夜闻归雁勾起乡思，复以抱病之身迎来时移物换。末联一笔宕开，说彼此都曾是"洛阳花下客"，如今面对的将来晚开的"野芳"，以"不须嗟"收煞，将无可奈何、随遇而安的心绪隐寓于字里行间。这两句与宋初王禹偁谪居商州时写成的小诗"忆昔西都看牡丹，稍无颜色便心阑。而今寂寞山城里，鼓子花开亦喜欢"（吴曾《能改斋漫录》卷一一）情调颇为近似。全诗刻画工巧，寓意含蓄蕴藉。

春日西湖寄谢法曹歌①

西湖春色归，春水绿于染。群芳烂不收，东风落如糁②。参军春思乱如云，白发题诗愁送春③。遥知湖上一尊酒，能忆天涯万里人④。万里思春尚有情，忽逢春至客心惊。雪消门外千山绿，花发江边二月晴。少年把酒逢春色，今日逢春头已白。异乡物态与人殊，惟有东风旧相识。

① 春日：指景祐四年（1037）二月。西湖：这里指许昌西湖，游览胜地。谢法曹：指谢伯初，字景山，闽人。天圣二年（1024）以进士中甲科。天圣、景祐间以善歌诗知名。仕宦不偶，终以困穷而卒。天圣七年与作者相识。欧阳修谪居夷陵时，景山方为许州法曹参军，以长韵见寄，颇多佳句。这首诗实为酬答来诗而作。诗题谢法曹和诗中所称参军，指的都是谢伯初。

② 群芳二句：写花落纷纷，无法收拾。糁（sǎn），饭粒。

③ 参军二句：原注："谢君有'多情未老已白发，野思到春如乱云'之句。"作者因以此二句戏答。

④ 天涯万里人：自指贬谪夷陵沦落天涯的人。

景祐四年春，接到旧友谢伯初寄来的长诗，欧阳修情不自禁写了这首宛转抒情的歌行。开头四句勾画想象中的许州西湖胜景，以此作为铺垫。再写故交不遇于时，流落江湖，题诗送春，对景怀人。然后转写自己的落寞与客愁。以"雪消门外千山绿，花发江边二月春"振起，再跌入感物怀人，引发物是人非的深沉感慨。结末二句似由唐罗邺《赏春》诗"年年点检人间事，唯有春风

不世情"蜕化而出。全诗弘丽中时带苍凉之色，既和谐
而又跌宕，风格俊迈流转。

黄 溪 夜 泊①

楚人自古登临恨②，暂到愁肠已九回③。

万树苍烟三峡暗，满川明月一猿哀④。

非乡况复惊残岁，慰客偏宜把酒杯。

行见江山且吟咏，不因迁谪岂能来。

① 黄溪：疑即宜昌黄牛山下的某处溪流。

② 楚人句：宋玉《九辩》自述忠而见谤之意，其中有句云："登
　　山临水兮送将归。"欧阳修亦因上书而被贬，故引用。

③ 愁肠已九回：极容极端忧愁。司马迁《报任安书》云："肠
　　一日而九回。"

④ 猿哀：《水经注·三峡》引古谚云："巴东三峡巫峡长，猿鸣
　　三声泪沾裳。"

　　这首七律是欧阳修于景祐四年（1037）所作《夷陵九咏》组诗之一。它们都是作者与友人偕游或独游领略当地山川风物时所作。从内容看，未必一时所作。三游洞因中唐诗人白居易偕弟行简、友人元稹游洞赋诗而得名。位于宜昌市区西北，西陵峡口下牢溪入汇长江右岸峭壁之腹，背依长江，面临下牢溪。洞口宽约20米、深26米、高5米许。它是夷陵著名的自然景观。题壁有景祐四年七月十日夷陵欧阳永叔和判官丁同行刻石。时代久远，字迹漶漫，但仍依稀可辨。陆游《入蜀记》卷六曾作记录。从行文看，疑石刻或为永叔同时代人所刻。这是欧阳修在夷陵惟一的文化遗存，弥觉可贵。

　　夷陵一带长江两岸异态纷呈的千峰万嶂和青苍不凋的草木曾为忠而见斥的诗人提供了精神的慰藉，新知旧友的关爱给他以温暖，但这一切终究难以弥合其心灵的创痛，尤其是在冷月当空、哀猿啼鸣声声的岁暮，更是忧思难禁。诗人只能以"行见江山且吟咏，不因迁谪岂能来"自我排遣内心的郁闷。于此，在一定程度上反映了作者随遇而安的开朗胸怀和旷达的人生态度。可说是摆脱凡近，手眼别具。

答吴充秀才书①

修顿首白先辈吴君足下：前辱示书及文三篇，发而读之，浩乎若千万言之多，及少定而视焉，才数百言尔②。非夫辞丰意雄，霈然有不可御之势③，何以至此！然犹自患伥伥莫有开之使前者④，此好学之谦言也。

修材不足用于时，仕不足荣于世，其毁誉不足轻重，气力不足动人⑤。世之欲假誉以为重，借力而后进者，奚取于修焉⑥？先辈学精文雄，其施于时，又非待修誉而为重、力而后进者也。然而惠然见临⑦，若有所责，得非急于谋道⑧，不择其人而问焉者欤？

大学者未始不为道，而至者鲜焉⑨。非道之于人远也，学者有所溺焉尔⑩。盖文之为言，难工而可喜，易悦而自足。世之学者往往溺之，一有工焉，则曰：“吾学足矣。”甚者至弃百事不关于心，曰：“吾文士也，职于文而已⑪。”此其所以至之鲜也。

昔孔子老而归鲁，六经之作，数年之顷尔⑫。然读《易》者如无《春秋》，读《书》者如无《诗》，何其用功少而至于至也⑬！圣人之文虽不可及，然大抵道胜者文不难而自至也。故孟子皇皇不暇著书，荀卿盖亦晚而有作⑭。若子云、仲淹，方勉焉以模言语，此道未足而强言者也⑮。后之惑者⑯，徒见前世之文传，以为学者文而已，故愈力愈勤而愈不至。此足下所谓终日不出于轩序⑰，不能纵横高下皆如意者，道未足也。若道之充焉，虽行乎天地，入于渊泉，无不之也⑱。

先辈之文浩乎霈然，可谓善矣。而又志于为道，犹自以为未广，若不止焉，孟、荀可至而不难也⑲。修学道而不至者，然幸不甘于所悦而溺于所止，因吾子之能不自止，又以励修之少进焉⑳。幸甚幸甚。修白。

① 吴充（1021—1080），字冲卿，建州浦城（治所在今福建松溪县北）人，熙宁末，替代王安石为相，是欧阳修、王安石的亲家。本文收在作者生前由其长子欧阳发编定的《居士集》卷四七，题下标明"康定元年"（1040），自当确然无疑。篇名称"吴充秀才"，开头却曰"先辈吴君"，其源于自唐以来惯例，进士"通称谓之秀才，得第谓之前进士，互相推敬谓之先辈"。（《国史补》卷下）《宋史》本传尝谓吴充"未冠举进士"，足征吴充与作者书信往返，恰在其得第前后。

② 浩乎三句：谓吴文汪洋恣肆，以少总多，定神审视，方知仅数百字。

③ 霈然：同沛然，盛大貌。

④ 伥伥：茫然不知所措。开之使前：开导自己得以进步。

⑤ 修材四句：自谦人微言轻。气力，才力。

⑥ 奚：何。

⑦ 惠然见临：对来客表示欢迎的客套语。

⑧ 责：义同"求"。谋道：指探求学问真谛。

⑨ 夫学者二句：韩愈《送陈秀才彤序》："盖学所以为道，文所以为理也。"未始，未尝。至，达到。鲜，很少。

⑩ 溺：沉迷不悟。

⑪ 职于文：以文为职。职，职责。

⑫ 昔孔子三句：《史记·孔子世家》载："孔子之去鲁，凡十四岁而返乎鲁。"鲁哀公八年（前 487），时孔子六十五岁，自卫反鲁，不复求仕，专心致志于修《诗》、《书》，订《礼》、《乐》，作《春秋》，至哀公十四年完成。

⑬ 然读三句：语本李翱《答朱载言书》："创意造言，皆不相师。故其读《春秋》也，如未尝有《诗》也；其读《诗》也，如未尝有《易》也；其读《易》也，如未尝有《书》也；其读屈原、庄周也，如未尝有六经也。"意谓孔子作六经用时不多，但各具特色，不相因袭。至于至，达到最高境界。作者《与乐秀才第一书》云："古之学者非一家，其为道虽同，言语文章，未尝相似。孔子之系《易》，周公之作《书》，奚斯之作《颂》，其辞皆不同，而各自以为经。"持论都立足于道与文的完美结合。究其原因，就是下文所谓"道胜者文不难而自至也"。

⑭ 皇皇：通"遑遑"，匆忙貌。荀卿：荀况，先仕齐，后适楚，晚年依春申君，为兰陵令。这二句意谓孟轲一生游说诸侯，奔波道路，没有著作，荀况直到晚年才著书立说。按，今存《孟子》七篇为其弟子万章等记述。

⑮ 子云：西汉扬雄的字，扬雄曾拟《易》作《太玄》、拟《论语》作《法言》等。仲淹：隋代王通的字。王通曾拟《论语》作《中说》等。强：勉强。

⑯ 惑者：糊涂、愚昧的人。

⑰ 轩序：泛指居室。轩，小室。序，厢房。

⑱ 之：至。

⑲ 先辈六句：与上文"浩乎有千万言之多"，"需然有不可御之势"相应，接下来的几句隐含道犹未足的意思。

⑳ 修学四句：自谦之词，兼带共勉的意味。

这是篇最引人瞩目的文论。前此，在《与张秀才第二书》、《与黄校书论文章书》、《与石推官第二书》和《与荆南乐秀才书》里分别就文道问题各有侧重地发表过自己的看法和主张。而本文对文道关系的论述尤为全面精到。作者明确指出："学者未始不为道，而至者鲜焉"的症结在于"有所溺","甚者至弃百事不关于心"。欧阳修以古文家的身份,从文的角度力主重道以充文:"道胜者文不难而自至。"作文要想"纵横高下皆如意",就得和道联系起来;要内容充实,就得关心"百事"。这就和侈谈心性、舍近取远、务高言而鲜事实的道学家的提法有着根本的区别。将关心"百事"提到关键部位,不仅坦陈了自己在创作实践中取得成就的原委,更亮出了革新诗文的主要导向。

三、岂知身愈危,惟恐职不称(1043—1045)

庆历二年(1042)九月,欧阳修通判滑州(今属河南)。通判有监察所在州府官员之权,分明表示仁宗对他的信任,带有升迁性质。只是在任不到半年,就又被召入京了。

其时,民族矛盾相对缓解,而阶级矛盾日趋激化,兵变、民变接踵而起。欧阳修惊呼"盗贼""一年多如一年,一火强如一火"。正如陕西转运使孙沔所言,朝廷如若依然袭故蹈常,必将出现"土崩瓦解不可复救"之势。当此之际,有识之士纷纷挺身而出,痛陈时弊。太子中允、集贤校理、通判泰州尹洙率先指出,如若"因循不革,敝坏日甚",势必危及宗庙社稷。原因在于人主豫疑不决，大权旁落。欧阳修也不失时机地写了《为君难》上、下篇与之相互呼应。而率先指名道姓、切责吕夷简窃柄弄权的，仍然是上面提到的孙沔。他在上书中指控"夷简在中书二十年，三冠辅相"，"虽尽南山之竹不足书其罪也"。这在全国引起了强烈的反响。仁宗迫于舆论压力，趁吕夷简称病告退之机，将其罢相。与此同时，作出除弊纳谏的态势，拉开了庆历新政的序幕。

同年三月，以章得象、晏殊为相兼枢密使，夏竦为枢密使，贾昌朝为参知政事，并增添谏官编制。由于晏殊的推荐，欧阳修被召回京，转太常丞，与兵部员外郎王素并知谏院。

前此，欧阳修曾写过《上范司谏书》和《与高司谏书》，表明他对谏官肩负的重要职责早有清醒的认识。如今身履其任，自然责无旁贷地就缓解内忧外患、挽救宋王朝政治危机提出合理化建议。现存奏议集中在知谏院时所进奏状多达十卷九十五篇，即可见一斑。

第一次上殿，欧阳修就旗帜鲜明地提出了改善吏治的具体主张。然而北宋吏治之混乱积重难返，要彻底改变，绝非一蹴而就的。首先，以吕夷简为首的守旧派长期把持朝政，上自两府，下及州县，势力早就盘根错节，无法动摇。况且仁宗对于吕夷简，仍情有独钟。接着出任首相的章得象原本就是"无所建明"的庸碌之辈。参知政事贾昌朝更是个阴结宦竖宫女，"不为正人所与"的佞人。晏殊则与章、贾不同，在登相位后，一度不避嫌疑，大力提拔、重用范仲淹、富弼、欧阳修等革新派人物。不过，后来也慑于守旧派的威势，转而为全身远祸计，不再预谋异略国是。

欧阳修不得不重新递呈《论按察官吏第二状》和《再论按察官吏状》，提出"必欲救弊于时"，"不若专遣使人"，而且"须在力行，方能济务"。面对朝廷依然"格而不行"的现实，他在后一篇奏状中，干脆列举出现任转运使中"皆自是可黜之人，必不能举职"者名单，并条陈冗官利害，以明"利博效速而可行不疑"。这些诤言说论，确实是锐意整饬吏治、救民于急病的不二法门。

尽管欧阳修胆识过人，求治心切，大声疾呼，澄汰冗吏，朝廷也明诏天下；但犹豫观望，有令不行，按兵不动，顶着不办者却大有人在。

吕夷简在三月间罢相后，仍受着仁宗的眷顾，对朝政依然遥控指挥。因此成了欧阳修猛烈抨击的首要目标，他先后递呈了《论吕夷简札子》和《论止绝吕夷简暗入文字札子》等，义正词严，予以揭发和指斥，最终把吕夷简逐出内廷，为革新政治扫清了一大障碍。

由于作者在谏院"论事切直，人视之如仇。仁宗独奖其敢言，面赐五品服，顾侍臣曰：'如欧阳修者，何处得来！'"（《宋史》本传）并专门召见欧阳修、余靖、蔡襄三人，当面谕示："卿等皆朕所自择，数论事无所避，故有是赐。"这对他们来说，无疑是一种荣誉和鼓励。但当时朝廷内外臣僚习于因循苟且，守旧势力又岂肯自动下台，按察官吏还不是不了了之。但仅此一端，欧阳修不知得罪了多少官吏，树立了多少对立面，为他日后被流言中伤乃至给庆历新政流产留下了隐患。

与此同时，他又不避嫌疑，屡次上书举荐韩琦、范仲淹、富弼入主中枢，委以重任。当时仁宗锐意致治，也就采纳了他的建议，将范仲淹调参知政事，充实了中书机构。接着，仁宗又采纳欧阳修的建议，出御便殿，多次指令范仲淹等条陈当世之务。彪炳史册的《答手诏条陈十事》即由此诞生。其中包括明黜陟、抑侥幸、精贡举、择官长、均公田、厚农桑、修武备、减徭役、覃恩信、重命令等项目。这是北宋新政除弊更革的纲领性文件，不少见解与欧阳修的《原弊》、《准诏言事上书》等奏议提出的主张不谋而合或基本一致。《答手诏条陈十事》一出台，顿时轰动朝野，"天下翘首以望太平"。谁知正当范、富的条陈被采纳并著为诏令次第颁发时，"小人不便，相与腾口谤之"，出现了"独府兵、辅臣共以为不可而止"的僵局。欧阳修直面改革被扼杀于摇篮的阽危情势，立即递呈《论乞主张范仲淹富弼等行事札子》，力谏仁宗拿定主意，推行新政。正由于欧阳修挺身而出，力排众议，仁宗才深知其忠，特予重赏，并破格提升为右正言、知制诰，赐三品服。

这时，身居宰执的贾昌朝和御史中丞王拱辰却利用地位权势，纠集同伙，暗相勾结，兴风作浪。他们先后作无名子诗和利用陈留桥迁移与否的争议，制造事端，中伤三司使王尧臣;又以范仲淹同年好友滕宗谅使用公使钱不当为口实,接二连三地对以范仲淹为首的改革派发动攻势,并唆使燕度虚张声势,骚扰边鄙。对此,欧阳修先后写了《论禁止无名子伤毁近臣状》、《奏辩陈留移桥》、《论陈留桥事乞黜御史王札子》、《论王砺中伤善人乞行黜责札子》、《论燕度勘滕宗谅事张皇太过札子》、《再论燕度鞫狱枝蔓札子》等奏状札子,及时予以回击。而窃踞首相职位的章得象,故作镇静,袖手旁观,等待改革归于失败。守旧派中坚夏竦见逐外任后也不甘寂寞,负隅顽抗。就在如此险恶的氛围中,范仲淹为实践其"先天下之忧而忧,后天下之乐而乐"的恢宏抱负,仍坚持推行新政。欧阳修则始终不遗余力地给予积极支持,密切配合。

由于欧阳修蹈厉风发,强项直谏,知无不言,言无不尽,最终招致守旧派的一致忌恨。他们一面制造借口,打发欧阳修往河东路(治太原,辖境包括今山西中部、陕西东北部)实地考察废除麟州以及民间私铸铁钱、官府自炼熟矾的利弊得失,一面唆使内侍蓝元震参上一本

《论范仲淹等结党奏》，罗织罪名，危言耸听。这时老谋深算的夏竦乘机从幕后跳到前台，诬指杜衍、范仲淹、欧阳修为"党人"。霎时间，搞得仁宗晕头转向，是非莫辨，无所适从。更意外的是他竟在庆历四年（1044）四月突然重提党论，并付之公议。这分明是革新与守旧两派之间殊死搏斗已呈白热化的征兆。欧阳修凭借其渊博的历史知识，列举无可争辩的史实予以回击，写下了著名的《朋党论》，力谏仁宗明辨是非，不要为谰言所动。

随后，夏竦于同年六月抛出蓄谋已久、指使婢女模仿石介手迹炮制的伪证——托名富弼代撰的废立诏草，飞语上闻。这一卑劣行径，既是对石介采取的第一次报复行动，又是为庆历新政流产下了一道催命符。范仲淹、富弼等心怀恐惧，不安于朝，先后自请离阙外任。继参知政事范仲淹宣抚陕西、河东之后，八月枢密副使富弼宣抚河北。随后，右正言、知制诰欧阳修也被调任龙图阁直学士、河北都转运按察使（治大名府，辖境包括今河北南部，河南、山东北部）。于是，朝中的革新派官员一时风流云散，不待下诏明文宣布，庆历新政实际上已告流产。

不久，仁宗终于摊牌，发布诏书，公开否定范仲淹、欧阳修关于朋党的理论，为守旧势力"党论"张目。于是，章得象、陈执中、贾昌朝之流得以重回中枢，左右朝政，有恃无恐地反攻倒算。所幸当时杜衍在朝，独立支撑。守旧派便又把攻击的矛头集中到他的身上。恰巧杜衍的女婿苏舜钦一次在进奏院用卖废纸所得钱设宴招待宾客，席间有人作诗被认为是亵渎了周公和孔子。于是守旧派在贾昌朝的唆使下，群起而攻之。结果苏舜钦以监守自盗的罪名，被"除名勒停"（即革职，永不叙用）。杜衍因此自请罢免，以尚书左丞降知兖州。韩琦也因上书为杜衍、范仲淹、富弼鸣冤叫屈，不报而自请罢去枢密副使，出知扬州。

欧阳修奉使河东和出任河北转运按察使，名义上是为朝廷处理具体事务，实则已被逐出内廷。但他一如既往，公忠谋国，心系朝廷，先后递呈了《论麟州事宜札子》和《请耕禁地札子》，批驳宰相章得象更寨徙州、斥地与敌、自毁天险、自守不暇等错误主张，并提出了"减寨卒"、"委土豪"等积极防御措施。

奉使河东，前后不足三月。面对纷繁复杂的政务，欧阳修都能有条不紊地处理得干净利索，治绩卓著。在此期间，先后递呈奏札达三十三篇，尹洙《答河北都转运欧阳永叔龙图书》赞叹道："见河东使还所奏罢下等科率一事，不谓留意文业，乃得详尽至是。……见永叔所作奏记，把玩骇叹者累日。"其干练的政治才能，由此可见一斑。

刚从河东回京，又逢保州兵乱。欧阳修又以龙图阁直学士的身份，出任河北都转运使。这又是守旧派精心策划的大阴谋。当时程琳以同门下平章事、判太名府。"欧公性急自大，而文简（程琳）亦狷介不容物。宰相意令二公愤争，因从而罪之。公悟其旨。初至大名，文简迎于郊，因问欧公所以外补之由。公叹曰：'吾侪要会得，此正唐宰相用李绅、韩愈，令不台参故例耳。吾二人岂可堕其计中耶？'文简亦大叹，二人遂益交欢相好。"（王铚《默记》卷下）

就在守旧势力疯狂反扑、迫害革新派时，欧阳修却一如既往,坚定不移地力挽狂澜,他的《论杜衍范仲淹等罢政事状》即是明证。文中列举史实,对杜、范、韩、富四人的人品和入主中枢期间的现实表现作了简要的回顾、审视和评述。以不争的事实证明他们遇事明辨是非,决不互相庇护;从不争权夺位,反而避位让权。这篇奏状正如楼昉《崇古文诀》卷一九所评:"辨君子朋党、大臣专权,曲尽其情,足以转移人主心术之微,弥缝国政之阙。"比之《朋党论》辨析忠奸更为淋漓尽致。

当欧阳修在河北"职事甚振,无可中伤"之际,正好他的外甥女与仆私通事发,鞫于开封府右军巡院。此事原与作者了不相干,可贾昌朝等人却纠集同伙,蓄意往欧阳修脸上抹黑。尽管如此,审理此案的苏安世和与欧阳修没有深交的赵槩,都仗义执言,为他辩诬。事实虽然终于澄清,但仁宗迫于守旧势力的压力,仍免去了欧阳修龙图阁直学士、河北都转运按察使之职,改为知制诰差知滁州。欧阳修对个人蒙冤见谤并不介意,他最感憾恨的是匡时救弊政治理想随之破灭,这种心绪在《滁州谢上表》里作了充分的表述。

欧阳修从景祐元年(1034)六月应召入京,到庆历五年(1045)八月贬知滁州,十一年间八次迁官,往往席不暇暖。正如其《自勉》诗所言:"居官处处如邮传,谁得三年作主人。"其间,庆历三年三月知谏院至明年八月出任河北都转运按察使,是他政治生涯中第一个最活跃的时期。他全身心地投入庆历新政,意气风发,挥斥方遒,积极参政议政,写出了大量踔厉风发的激扬文字,提出了除弊革新、澄汰吏治、加强防务等治国构想。虽然由于守旧势力的顽强抵制和反对,这些主张最终未能付诸实施,但从一系列奏疏、表状、札子所持政论中,不难看到其治国平天下的不可磨灭的思想光辉。

由于他致力于繁冗的政务,十年间写作的诗词极少,散文也以政论居多。

水谷夜行寄子美圣俞①

寒鸡号荒林,山壁月倒挂②。披衣起视夜,揽辔念行迈③。我来夏云初,素节今已届④。

高河泻长空,势落九州外⑤。微风动凉襟,晓气
清馀睡。缅怀京师友,文酒邈高会⑥。其间苏
与梅,二子可畏爱;篇章富纵横,声价相磨盖⑦。
子美气尤雄,万窍号一噫。有时肆颠狂,醉墨
洒霶霈。譬如千里马,已发不可杀。盈前尽珠
玑,一一难柬汰⑧。梅翁事清切,石齿漱寒
濑⑨。作诗三十年,视我犹后辈。文词愈清新,
心意虽老大。譬如妖韶女⑩,老自有馀态。近
诗尤古硬,咀嚼苦难嘬⑪。初如食橄榄,真味久
愈在。苏豪以气轹⑫,举世徒惊骇。梅穷独我
知,古货今难卖⑬。二子双凤凰,百鸟之嘉瑞。
云烟一翱翔,羽翮一摧铩⑭。安得相从游,终日
鸣哕哕⑮。问胡苦思之,对酒把新蟹⑯。

① 水谷:水谷口,在今河北顺平西北。欧阳修巡视河东路,归
   途经水谷。题下原校:"一本题上有'补成'字。"时梅尧臣
   (字圣俞)解湖州监税任,在京待命;苏舜钦(字子美)自山
   阳还京,以范仲淹之荐,授集贤校理,监进奏院。

② 号(háo):叫。月倒挂:指月落。

③ 揽辔(pèi):手挽缰绳。指上马待发。迈:远。

④ 素节句:谓秋天已经来临。素节,秋天。按照我国古代五行学说,秋为西方,色白,属金。

⑤ 高河:这里指银河。九州:泛指中国。据《书·禹贡》州名为:冀、兖、青、徐、扬、荆、豫、梁、雍。

⑥ 邈:遥远,指从前。

⑦ 可畏爱:犹可敬可爱。《礼记·曲礼》:"贤者狎而敬之,畏而爱之。"磨盖:彼此互相琢磨、争胜。

⑧ 子美八句:写苏舜钦的诗风。《宋史》本传谓其"时发愤懑于歌诗,其体豪放,往往惊人"。万窍号一噫,语本《庄子·齐物论》:"大块噫气,其名为风,是唯无作,作则万窍怒号。"窍,洞穴。噫(ài),吹。醉墨洒霶霈,兼指醉后歌诗作书。《中吴纪闻》曾载其以《汉书》下酒,兴会淋漓。舜钦又善书,尤工草书。杀(shài),减退,此指奔马减速。玑,小珠。柬汰,选择、淘汰。

⑨ 梅翁二句:形容梅尧臣诗风清切,间出奇巧,犹如寒流冲激河床中的尖石。《宋史》本传谓其"工为诗,以深远古淡为意,间出奇巧"。濑(lài),激流。

⑩ 妖韶：同"妖娆"，美好。

⑪ 嘬(chuài)：咬，吃。

⑫ 气轹(lì)：气势磅礴，陵轹古今。

⑬ 古货句：谓梅诗古朴淡雅，仿佛珍贵的文物，不为世人
　　赏识。

⑭ 羽翮(hé)：翅膀。摧铩：受伤害。这里"铩"读 shài。

⑮ 哕哕(huì)：鸾凤的叫声。《诗·鲁颂·泮水》："鸾声哕
　　哕。"此喻指歌诗唱和。

⑯ 问胡二句：点明作诗时的季节和心情。胡，何。

　　以诗论诗，为唐杜甫首创，但多用绝句联章形式；只
有《偶题》用了五言排律。本诗用五古，以写行役起，抒
离别之怀结末，中间则用较多的篇幅来评论和赞美苏、
梅，先分后合，形象生动，比喻贴切，比杜甫的兴到偶题
更加细致周密。作者在《诗话》中论及此诗并谓："圣
俞、子美齐名于一时，而二家诗体特异：子美笔力豪俊，
以超迈横绝为奇；圣俞覃思精微，以深远闲淡为意。各
极其长，虽善论者不能优劣也。"这段文字正可作为本

诗论梅、苏诗风的注脚。其后,魏泰《临汉隐居诗话》则谓苏诗"以奔放豪健为主;梅尧臣亦善诗,虽乏高致,而平淡有工,世谓之'苏梅',其实与苏相反也"。显然对两人有所偏爱而轩轾失衡,不如作者兼容并包,各扬所长。

朋 党 论

臣闻朋党之说,自古有之,惟幸人君辨其君子小人而已①。大凡君子与君子,以同道为朋②;小人与小人,以同利为朋,此自然之理也。然臣谓小人无朋,惟君子则有之,其故何哉?小人所好者,禄利也;所贪者,财货也。当其同利之时,暂相党引以为朋者,伪也。及其见利而争先,或利尽而交疏,则反相贼害,虽其兄弟亲戚不能相保。故臣谓小人无朋,其暂为朋者,伪也。君子则不然,所守者道义,所行者忠信,所惜者名节。以之修身,则同道而相益;以之事国,则同心而共济。终始如一,此君子之朋也。故为人君者,但当退小人之伪朋,用君子之真朋③,则天下治矣。

尧之时,小人共工、驩兜等四人为一朋,君子八元、八凯十六人为一朋。舜佐尧,退四凶小人之朋,而进元凯君子之朋,尧之天下大治④。及舜自为天子,而皋、夔、稷、契等二十二人并列于朝⑤,更相称美,更相推让,凡二十二人为一朋,而舜皆用之,天下亦大治。《书》曰:"纣有臣亿万,惟亿万心;周有臣三千,惟一心。"⑥纣之时,亿万人各异心,可谓不为朋矣,然纣以亡国。周武王之臣三千人为一大朋,而周用以兴。后汉献帝时,尽取天下名士囚禁之,目为党人。及黄巾贼起,汉室大乱,后方悔悟,尽解党人而释之,然已无救矣⑦。唐之晚年,渐起朋党之论。及昭宗时,尽杀朝之名士,或投之黄河，曰："此辈清流，可投浊流。"而唐遂亡矣⑧。

夫前世之主，能使人人异心不为朋，莫如纣；能禁绝善人为朋，莫如汉献帝；能诛戮清流之朋，莫如唐昭宗之世。然皆乱亡其国。更相称美推让而不自疑，莫如舜之二十二人，舜亦不疑而皆用之。然而后世不诮舜为二十二人朋党所欺，而称舜为聪明之圣者，以辨君子与小人也⑨。周武之世，举其国之臣三千人共为一朋，自古为朋之多且大莫如周，然周用此以兴者，善人虽多而不厌也。夫兴亡治乱之迹，为人君者可以鉴矣⑩。

① 幸：表示希望的意思。人君：皇帝。

② 同道：共同的道德规范，即下文所举"道义"、"忠信"、"名节"等。

③ 退：斥退。用：进用。

④ 尧之时七句：举舜辅佐尧治天下时进退朋党为例，说明摈退小人、进用君子的必要。共工、驩兜，传说中尧、舜时四

个恶名昭彰的部族首领中的两个，另外两个是三苗和鲧。《尚书·舜典》称之"四罪"，《左传·文公十八年》谓之"四凶"。八元，高辛氏(帝喾)的八位贤臣：伯奋、仲堪、叔献、季仲、伯虎、仲熊、叔豹、季狸。元，贤良。八凯，一作八恺，高阳氏(颛顼)的八位贤臣：苍舒、隤敳、梼戬、大临、尨降、庭坚、仲容、叔达。凯，和善。

⑤ 而皋夔句：事见《尚书·舜典》。皋，舜时贤臣皋陶(yáo)，掌刑法的官。夔，乐官。稷，后稷，农官。契(xiè)，掌教育的官。舜诸臣相互称美、推让事，亦可参见《史记·五帝本纪》。

⑥《书》曰五句：出自《尚书·泰誓》。这是周武王伐殷(即商)纣王部队渡孟津时所作。

⑦ 后汉八句：《后汉书·桓帝纪》："延熹九年(166)十二月……司隶校尉李膺等二百余人，受诬为党人，并坐下狱。"是为"党锢"之始。灵帝时，再兴党狱，株连尤广，多至千余人。这里作"献帝时"乃作者误记。尽解党人而释之，事见《后汉书·党锢传序》："中平元年(184)，黄巾贼起……乃大赦党人，诛徙之家，皆归故郡。"

⑧ 唐之八句：唐代晚期渐起朋党之论，是指唐穆宗、宣宗年间

发生的牛、李党争。这一党争延续到文宗、武宗、宣宗数朝，历时长达四十年之久。唐昭宣帝天祐二年（905），李振唆使朱全忠杀死朝臣裴枢等七人，李振说："此辈常自谓清流，宜投之黄河，使为浊流。"详参《资治通鉴·唐纪十二》。"昭宗"为昭宣帝之误。清流，指德行高洁之士。

⑨ 以：因为。

⑩ 迹：史迹，事迹。鉴：镜，鉴诫。《资治通鉴·唐纪十二》记魏徵死后，太宗思之不已，说："人以铜为镜，可以正衣冠；以古为镜，可以见兴替；以人为镜，可以知得失。魏徵没，朕亡一镜矣。"古代镜子以铜铸成。

　　本文题下原有注："在谏院进，庆历四年（1044）。"可见是作者任职谏院时所作。

　　朋党，是历代统治者最敏感而又棘手的一大政治难题。按照儒家传统的说法，君子"群而不党"（《论语·卫灵公》）。何谓"群"，何谓"党"？原本是个很难作出准确界定的概念。但在先秦典籍中"党"却成了贬义词。如《楚辞·离骚》："惟夫党人之偷乐兮，路幽昧以险隘。"《荀子·臣道》:"朋党比周,以环主图私为务,是篡臣者也。"《战国策·赵策二》:"臣闻明王绝疑去谗,屏流言之迹,塞朋党之门。"朋党、朋比与党成了同义语。从此,别有用心者迎合最高统治者对群体的畏惧心理,常常抛出"党论"来党同伐异,排斥异己。远且不论,即以仁宗朝言,景祐三年(1036),权相吕夷简弹劾范仲淹,就用了"荐引朋党,离间群臣"这一莫须有的罪名,轻而易举地把他贬逐出朝,紧接着又牵三挂四,将诤臣一一贬谪外任。庆历三年(1043)改革派推行新政,内侍蓝元震率先上《论范仲淹等结党奏》,诬称:"今一人私党止作十数,合五六人,门下党与已无虑五六十人。使此五六十人递相提挈,不过三二年布满要路,则误朝迷国,谁敢直言;挟恨报仇,何施不可?九重至深,万几至重,何由察知。"危言耸听。夏竦也抓住时机,迫不及待地直指杜衍、范仲淹和欧阳修为"党人",使仁宗也妍贤不辨,竟当众发问:"自昔小人多为朋党,亦有君子之党乎?"这时范仲淹挺身而出,对曰:"方以类聚,物以群分。自古以来,邪正在朝,未尝不各为一党,不可禁也,在圣鉴辨之耳。诚使君子相朋为善，其于国家何害！"（《涑水纪闻》卷一〇）向以蹈厉风发、强颈直谏、略不以形迹嫌疑顾避著称的欧阳修，也凭借渊博的历史知识和精辟的见识，写了这篇著名的《朋党论》，以此来回击蓝元震、夏竦一伙的诬陷。

文章单刀直入，开宗明义。跟范仲淹一样坦陈朋党的存在是"自然之理"，要害在于人君善于判明邪、正，也就是小人还是君子。接着具体论析其间本质区别在于："小人"以好禄贪财而"暂相党引以为朋"；"君子"则以道义、忠信、名节相益，"以之事国，则同心而共济，终始如一"，因有伪、真之别。以下又征引史实，从正反两个方面总结历史经验教训，以古鉴今，意在力谏仁宗明辨是非，不为谰言所动。举证确凿，剖析精当，首尾呼应，收煞遒劲，足破千古人君之疑。明顾锡畴以为"千古朋党之论，经欧公之论而钩镂摘抉无遗，真照妖镜也"（《欧阳文忠公文选》卷五）。随后，欧阳修又在《论杜衍范仲淹等罢政事状》里再次指出："自古小人谗害忠良，其说不远；欲广陷良善，则不过指为朋党。"在《新五代史·唐六臣传论》中，复以史为鉴，对"党论"之祸作了淋漓尽致的揭发和抨击："呜呼！始为朋党之论者谁欤？甚乎作俑者也，真可谓不仁之人哉！"

班班林间鸠寄内

班班林间鸠，谷谷命其匹；迨天之未雨，与汝勿相失①。春原洗新霁，绿叶暗朝日。鸣声相呼和，应答如吹律②。深栖柔桑暖，下啄高田实。人皆笑汝拙，无巢以家室。易安由寡求，吾羡拙之佚③。吾虽有室家，出处曾不一。荆蛮昔窜逐，奔走若鞭抶。山川瘴雾深，江海波涛呬。跬步子所同，沦弃甘共没。投身去人眼，已废谁复嫉。山花与野草，我醉子鸣瑟。但知贫贱安，不觉岁月忽④。还朝今几年，官禄沾儿侄。身荣责愈重，器小忧常溢。今年来镇阳，留滞见春物。北潭新涨渌，鱼鸟相聱耴。

我意不在春,所忧空自咄。一官诚易了,报国
何时毕⑤。高堂母老矣,衰发不满栉。昨日寄
书言,新阳发旧疾。药食子虽勤,岂若我在膝。
又云子亦病,蓬首不加髤⑥。书来本慰我,使我
烦忧郁。思家春梦乱,妄意占凶吉。却思夷陵
囚,其乐何可述⑦。前年辞谏署,朝议不容乞。
孤忠一许国,家事岂复恤。横身当众怒,见者
旁可慄⑧。近日读除书,朝廷更辅弼。君恩优
大臣,进退礼有秩。小人妄希旨,论议争操笔。
又闻说朋党,次第推甲乙⑨。而我岂敢逃,不若
先自劾。上赖天子圣,必未加斧锧。一身但得
贬,群口息啾唧。公朝贤彦众,避路当揣质⑩。
苟能因谪去,引分思藏密。还尔禽鸟性,樊笼
免惊怵。子意其谓何,吾谋今已必。子能甘藜
藿,我易解簪绂。嵩峰三十六,苍翠争耸出。
安得携子去,耕桑老蓬荜⑪。

① 班班四句：谓斑鸠鸣声相和。宋陆佃《埤雅》："鸠，阴则逐
其妇，晴则呼之。语曰：天欲雨，鸠逐妇；既雨，鸠呼妇。"作
者《鸣鸠诗》："鸠呼妇归鸣且喜，妇不亟归鸣不已。"班，通
"斑"。谷谷，像斑鸠鸣声。命其匹，呼其匹配（雌鸠）。迨
（dài），趁着。

② 吹律：乐声相和。

③ 人皆四句：谓斑鸠笨拙而自适。《诗·召南·鹊巢》："维
鹊有巢，维鸠居之。"《禽经》："鸠拙而安。"张华注："鸠，鳲
鸠也。《方言》云：'蜀谓之拙鸟，不善营巢，取鸟巢居之，虽
拙而安处也。'"后用为自拙的谦词。佚，通"逸"，自适。

④ 荆蛮十二句：概述贬谪夷陵时履险如夷的生活经历。窜
逐，指景祐三年（1036）贬逐出京狼狈情状。捶（chì），鞭
策。作者《与尹师鲁书》："临行，台吏催苛百端，不比催师
鲁人长者有礼，使人惶迫不知所为。"飓（yù），大风。跬
（kuǐ）步，半步。跨一脚为跬，跨两脚为步。子，指薛夫人。
景祐四年四月作者往许昌迎娶薛奎女，旋以叔父晔卒于随
州，修前往奔丧。九月始自许州偕薛夫人回夷陵，开始患
难与共相濡以沫的生活。沦弃，指贬官。去人眼，谓不受
人注目。废，放废，贬黜。忽，极言快速。

⑤ 还朝十二句：回顾应召入朝后的经历。官禄沾儿侄,谓迅速升迁,官阶由正七品宣德郎升至从五品上阶朝散大夫,职务由馆阁校勘升至河北都转运按察使。按宋代规定,文官正六品朝奉郎以上,子侄可荫补出仕。故云。器,喻才器。忧常溢,是"常忧溢"的倒装。魏吴质《与太子笺》："器小易盈,先取沉顿。"镇阳,真定府治所,今河北正定。北潭,真定府著名的池苑。聱虮(yóu yì),《文选·左思〈吴都赋〉》"鱼鸟聱虮"李善注："众声也。"咄(duō),叹息。易了,易办。

⑥ 不满栉：谓年老头发稀疏,难以梳理。栉,梳篦的总称。新阳：春天。《文选·谢灵运〈登池上楼〉》："初景革绪风,新阳改故阴。"李善注引《神农本草》："春夏为阳,秋冬为阴。"药食：药品与食物,泛指侍奉病人。在膝：谓子女在父母身边。髹：首饰。

⑦ 却思二句：谓回想当年谪居夷陵家人团聚,反觉其乐融融。

⑧ 前年六句：自陈在谏院时公而忘私的情状。韩琦在祭文中说："公之谏诤,务倾大忠。在庆历初,职司帝聪。颜有必犯,阙无不缝。"又《墓志铭并序》也说："公素凛忠义,遭时遇主,自任言责,无所顾忌,横身正路,风节凛然。"《神宗旧

史》本传亦载:"执政皆修素所厚善,而修所言事一意径行,不以形迹嫌疑顾避。……小人自此侧目,而党人之论兴矣。"乞,乞身,辞职。恤,顾念。作者《与尹师鲁书》:"得罪虽死,不为忘亲。"

⑨ 近日八句:叙反对新政者登台后重新抛出"党论",谗害忠良。除书,朝廷改官易任的文书。除,任命。秩,品级或职位。小人,这里指反对派章得象、陈执中及其追随者钱明逸、刘元瑜之流。希旨,迎合上司的旨意。次第,挨次株连,罪及无辜。

⑩ 而我八句:谓自知不免,乃将上表自劾,乞降小郡差遣以全身远祸。斧锧(zhì),古代杀人刑具。锧,铁锧。啾唧,喊喊喳喳的无端议论指责。公朝,指朝廷。贤彦,有才干的人。揣质,估量自己的资质。公朝二句谓避让新贵,应有自知之明。

⑪ 引分:犹引咎。韩愈《泷吏》:"官不自谨慎,宜即引分往。"藏密:内敛。禽鸟性:自由自在的天性。樊笼:借喻官场。陶渊明《归园田居》一:"久在樊笼里,复得返自然。"必:一定,决定。甘藜藿:安于过贫贱生活。藜藿,野菜,穷人的食物。解簪绂:辞官解职。簪,冠簪;绂,丝织缨带,古代高

官贵人的服饰。嵩峰：指嵩山。蓬荜：蓬草编成的门、竹
木搭成的茅屋，穷人所居的房子。

庆历四年六月，范仲淹除官外任；八月，富弼罢任补
外。紧接着作者也由右正言、知制诰调任龙图阁直学
士、河北都转运按察使。种种迹象表明，仁宗此时已倒
向保守势力一边，新政实际上已濒临流产，彼此只是心
照不宣而已。欧阳修陛辞之日，仁宗面谕"勿为久居
计，有事第言之"。修对以"谏官乃得风闻，今在外条
事，有指越职罪也"。仁宗答曰："事苟宜闻，不可以中
外为辞。"这一席耐人寻味的对话，就仁宗而言，自有其
为己讳拒谏掩饰的用意，但似乎也不能绝对排斥他对
难得的忠臣仍表信任的成分。他的矛盾心态正从一个
侧面透露出"党论"炮制者的来势凶猛。面对"山雨欲
来风满楼"的严峻情势，作者才写这首诗寄给薛夫人。
从诗里"又闻说朋党，次第推甲乙。而我岂敢逃？不若
先自劾"诸句看，本诗当作于庆历中递呈《自劾乞罢转
运使》前后。自劾表云："伏望圣慈据臣不才失职之状，

降授一小郡差遣,庶以警劝在位之人。"恰可视为本诗结尾诸句的注脚。

此诗以鸠啼起兴,贴切传神。紧接着忆苦思甜。然后转陈当今阽危的处境,表明自己履险如夷的坦荡心态和今后的打算,以期得到薛夫人的理解和支持。喻之以理,动之以情。"子意其谓何?吾谋今已必"、"子能甘藜藿,我易解簪绂",全用商量宽慰的口吻,喻示夫人作好重过谪居夷陵时那样清贫生活的思想准备。全诗写得委婉动情,真诚感人。

四、十年困风波，九死出槛阱（1045—1054）

　　自贬知滁州（今属安徽）起，欧阳修又一次开始了坎坷的仕途生涯。到至和元年（1054）守制除服，重返京师，前后又将近十年。其间知滁州两年半，知扬州一年，知颍州（今安徽阜阳）一年半，知应天府兼南京（今河南商丘）留守司事近两年，丁母忧回颍州又是两年。这些地方与夷陵相比，无论天时、地利和民情风俗，都要优越得多。

　　滁州位于长江、淮河之间，属淮南东路，是个上州，地僻事简，民俗安闲。他与通判杜彬相处甚得，杜彬善琵琶，两人经常一起登临揽胜。作者这时才四十出头，却自号"醉翁"，"名虽为翁实少年"，连他自己都感到名不副实。这与十多年前曾自号"达老",心态各别。不过,作为政治改革家的欧阳修没有、也不可能忘怀政治,放弃自己的理想追求。早在景祐元年(1034)在《答西京王相公(曙)书》里,就提出过宽简政治的构想。这次贬谪滁州,正为他实施宽简政治提供了现实机会。为政不苛扰百姓,顺乎民情风俗,设施井然有序,他的这些措施很快初见成效。公退之暇,得以优游林下,正像《醉翁亭记》所描述的那样,与民同乐。居安思危,作为地方军政长官,欧阳修经常召集州兵、弓手检阅训练射骑,以警饥年之"盗"。随后又在丰山曲径通幽处引泉为池,凿石辟地为亭,而与滁人往游其间,并作《丰乐亭记》志其盛。这种闲雅的生活和优美的自然景观,为他散文、诗歌写作提供了丰富的素材,尤其是在诗歌创作上继贬官夷陵之后,又一次取得了引人注目的成就。

欧阳修到任不久,就前往拜谒宋初贬官来滁的王禹偁生祠,写了《书王元之画像侧》,诗里洋溢着对居官行事以致遭遇都与己相似的前贤的心仪神往之情。结句有注:"公贬滁州谢上表云:'诸县丰登,苦无公事;一家饱暖,共荷君恩。'"骤栝原句入诗,正是其当时心态的自我写照。又在《寄题宜城县射堂》诗里颂扬同年好友连庠"为政留遗爱"的同时,兼及其芝兰般温馨、金玉般纯粹的高尚情操。在他心目中,连庠堪称勤政爱民的父母官典型。从这些为数不多的诗歌中,也不难看到他对政治理想的执着追求。这正如他在《送张生》诗里所说的"老骥骨奇心尚壮,青松岁久色逾新",激浊扬清,刚正如故。

庆历三年(1043)三月,朝廷调整中枢,新除谏官,石介写了《庆历圣德颂》,长诗称颂范仲淹、富弼是尧舜时的夔、契,对夏竦的被哄下台拍手称快。石介既殁,夏竦衔恨未已,到处散播谣言,诬称石介曾受富弼派遣,暗中出使契丹借兵,里应外合,谋图不轨,夏竦甚至提出要发棺验视。所幸掌书记龚鼎臣、吕居简挺身而出,予以反对,石介才免受斫棺之辱。作者对此悲愤填膺,含泪写下了《重读徂徕集》。他在长诗中指出,毁谤虽喧嚣于 时,但历史必将作出公正的裁决!写作此诗,实际上是对夏竦之流蛊惑人心的无情揭露和清算,其意义自非仅仅局限于为石介抒怨昭雪。他还应滕宗谅之请写了《偃虹桥记》，意在张扬其虽蒙冤受屈但仍不忘造福于民，"使其继者皆如始作之心"，"思为利于无穷，而告来者以不废"。文章立意与范仲淹《岳阳楼记》相似。

滁州山明水秀，景色宜人。欧阳修在这里写了不少歌咏自然景观和人文景观的诗篇。如《永阳大雪》、《啼鸟》、《游琅琊山》、《琅琊山六题》、《幽谷晚饮》、《画眉鸟》、《田家》、《幽谷泉》、《丰乐亭游春三首》、《新霜二首》、《宝剑》等。其创作成就堪与年轻时代宦游西洛时的山水纪游诗媲美，但情调风格却出现了鲜明的落差。在洛阳时，他初出茅庐，与诗侣文友畅游酣歌，无忧无虑，诗风飘逸，洋溢着青春的活力。而此时此刻，他已经历过宦海风波的多次洗礼，丰富了人生阅历，加深了对现实社会的体认。在他笔下的永阳山川风物在不同程度上浸染了幽独的色调，与韦应物守滁时的诗作和柳宗元以《永州八记》为代表的山水游记较为接近。尤其引人注目的是那些咏物诗，如《啼鸟》、《画眉鸟》和《新霜二首》之二，活画出诗人对巧言令色的憎恶和不甘沉寂的心态。还有《宝剑》一诗，托物抒情，表现出对时局的关切，抒发始终不渝的报国之忱。

滁州交通不便，但不避偏远、慕名而来请益求教者络绎不绝。其中有名姓可考的就有章生、王向、孙秀才、徐无党兄弟以及早就相识的江西秀才曾巩。由于志趣相同、个性相近，他们与欧阳修结为莫逆之交，其中曾巩则以师礼事之。欧阳修曾说："过吾门者百千人，独于得生（指曾巩）为喜"，并把他郑重推荐给杜衍。曾巩还带来同乡好友王安石的作品。欧阳修见了，爱不释手，感叹道："使如此文字不光耀于世，吾徒可耻也。"并准备将王安石的文章收入正在编辑的《文林》中去；但也指出他"少开廓其文，勿用造语及模拟前人"，"孟、韩文虽高，不必似之也，取其自然耳"，可见其对晚辈的奖掖和厚爱。在他诱导、点拨下，曾巩、王安石的文思大有长进。同时，欧阳修自己的诗风也有了新的转变。如《憎蚊》、《读徂徕集》及《重读徂徕集》等，风格古硬，明显走着梅尧臣的路子，成了"梅欧体"的代表作。他还在为梅尧臣诗集所作的序中，提出了"穷而后工"的创作理论。

两年后,仁宗意识到当时对欧阳修的处理确实不公,乃于七年(1047)十二月借郊祀的机会,将作者由骑都尉晋升为上骑都尉,由开国子进封开国伯,加食邑三百户。两个月后又转起居舍人,依旧知制诰,徙知扬州。移镇要藩,标志着仕途已出现了新的转机。尤其使欧阳修感到欣慰的是,朝廷终于为他甄别昭雪,彻底恢复名誉。他在《扬州谢上表》里尽情倾诉了郁积于胸对群小弄权的怨愤,对扶正祛邪有了良好的开端觉得欣慰。这份谢表不用陈言故事,而以平淡的文字吐露心曲,运散入骈,打破了四六工整的格局,笔酣墨畅,成了散文化四六佳篇。这种笔法肇始于中唐陆贽的奏议,而如此革新文体则是欧阳修的戛戛独造,直接影响于苏轼、苏辙。王志坚《四六法海》卷三云:"四六一体,实(欧阳修)自创为一家,至二苏而纵横曲折,尽四六之变,然皆本之欧公。"

庆历八年二月,欧阳修抵达扬州。

扬州是座历史悠久的文化名城。园林胜迹令人流连忘返。作者在此修建无双亭和平山堂,更为千年古城平添了几分秀色。无双亭为观赏琼花而建,盖本韩琦《琼花》诗"维扬一株花,四海无同类"之义,建于府城东门外蕃釐(xī)观(一名后土祠,遗址在今个园附近)。平山堂在大明寺内。大明寺始建于南朝宋孝武帝大明年间(457—464),高踞城西北蜀冈之上,下临邗沟,气势不凡,构筑精巧,是淮南有名的修行古刹。欧阳修在寺院西侧修建厅堂,以为邀集宾客宴游之所。他后有《答通判吕太博(公著)诗》和《朝中措》(平山堂)词追记当年宴乐盛况。那年五月,老友梅尧臣偕新夫人刁氏回宣城探亲,途经扬州,两人久别重逢,分外兴奋,促膝谈心,直至天明。事后梅尧臣有《永叔进道堂夜话》诗,追叙当时情景,表述了他对作者公忠谋国、议论风发、气度恢宏的激赏。八月初,梅尧臣北上供职,又到扬州。作者约许元、王琪等人一起欢度中秋佳节,饮酒赋诗。

作者笃于友情,尤其对患难与共、休戚相通的革新人物,更是互通音信,关切备至,有不少碑志、祭文是为亡友而作。在扬所作《祭尹师鲁文》、《尹师鲁墓志铭》、《祭苏子美文》可为这类作品的代表。出人意料的是其精心结撰的《尹师鲁墓志铭》竟为尹氏亲属所怨怒，为了申明作意，欧阳修在移知颍州后又写了《论尹师鲁墓志》以及《与孔嗣宗书》二帖，通过范例阐明了碑传文的写作准则。前者是欧阳修著名的文论之一。

坎坷的仕途经历，使欧阳修未老先衰，眼疾发作，剧痛如割，黑白未辨。而扬州是大郡，送往迎来，应酬频繁。他只能自请移知小郡。

皇祐元年（1049），欧阳修被恩准移知小郡颍州（今安徽阜阳）。三月到任。

颍州旧称汝阴，滨临颍水，也是个上州，"民淳讼简而物产美，土厚水甘而风气和"（《思颍诗后序》）。城西北三里有个西湖，风景秀丽。作者刚到任，就邀集僚友泛舟湖上，并在湖中种植瑞莲，湖畔移栽黄杨，着意优化生态环境。

这时，调来通判颍州的是吕夷简之子公著。吕夷简是迫害革新人士的总后台，如今其子到此同官共事，彼此不存芥蒂，情好日密，坦诚相待，结为"讲学之友"。后来还朝，又尽力推荐，由是渐见进用。欧阳修那种不计私人怨仇、务以国是为重的坦荡胸怀，越发令人钦佩。

欧阳修权知颍州首尾不足一年半，写作赞美西湖的诗词却不少。联章体《采桑子》九首可为代表作。颍州宜人景色，深深地吸引着他，到任第二年就买地造房，打算长期卜居于此。

皇祐二年（1050）七月欧阳修改知应天府，兼南京留守司事。南京是宋太祖赵匡胤的发迹之地，初名宋城，是北宋陪都。治所与京师相去不到三百里。见逐六年，外更三守。擢从支郡，委以名都，显然带有升迁性质。同年十月，又授尚书吏部郎中，加轻骑都尉。时来运转，次第升迁。不过，应酬繁剧，尤甚于扬州，使他感到不易对付。

留守南京时，因想到"二十年间几人在，在者忧患多乖睽"（《寄圣俞》），加之自己健康状况每况愈下，欧阳修不免黯然神伤，萌生了归隐之意。好在德高望重的杜衍退休后卜居于此，两人时相过从，有唱和诗一卷。

皇祐四年(1052)三月十七日，欧阳修老母郑氏卒于官所。按诸惯例，他离职回颖守制，正为其脱身官场提供了机会。

这时两广对侬智高的战争爆发，欧阳修兄长之子通理正任象州(今属广西)司理。欧阳修在信中督励侄子"如有差使，尽心向前"，以至"临难死节"，也在所不惜。同时又叮嘱他为官要克己奉公，一尘不染。

同年五月，范仲淹卒于任所。应其家属之请，为范公写了神道碑。虽精心结撰，却不为富弼理解，更未取得范氏后代的认同。

守制期间，作者主要精力用于撰写、修改、润色《五代史记》(即《新五代史》)。经过长达十八年的艰苦努力，直至皇祐五年始告杀青。他在《与梅圣俞书》中写道："闲中不曾作文字，只整顿了《五代史》，成七十四卷，不敢多令人知。深思吾兄一看，如何可得？……须要好人商量。此书不可使俗人见，不可使好人不见。奈何，奈何！"此中奥秘，耐人寻味。

醉 翁 亭 记

环滁皆山也①。其西南诸峰，林壑尤美②。望之蔚然而深秀者，琅琊也③。山行六七里，渐闻水声潺潺，而泻出于两峰之间者，酿泉也④。峰回路转，有亭翼然临于泉上者⑤，醉翁亭也。作亭者谁？山之僧曰智仙也。名之者谁？太守自谓也⑥。太守与客来饮于此，饮少辄醉，而年又最高，故自号曰醉翁也⑦。醉翁之意不在酒，在乎山水之间也。山水之乐，得之心而寓之酒也⑧。

若夫日出而林霏开，云归而岩穴暝⑨，晦明变化者，山间之朝暮也。野芳发而幽香，佳木秀而繁阴⑩，风霜高洁，水清而石出者，山间之四时也。朝而往，暮而归，四时之景不同，而乐亦无穷也。

至于负者歌于途，行者休于树⑪，前者呼，

后者应,伛偻提携[12],往来而不绝者,滁人游也。临溪而渔,溪深而鱼肥,酿泉为酒,泉香而酒冽[13]。山肴野蔌[14],杂然而前陈者,太守宴也。宴酣之乐,非丝非竹[15],射者中[16],弈者胜[17],觥筹交错[18],起坐而喧哗者,众宾欢也。苍颜白发,颓然乎其间者,太守醉也。

已而夕阳在山,人影散乱,太守归而宾客从也。树林阴翳[19],鸣声上下,游人去而禽鸟乐也。然而禽鸟知山林之乐,而不知人之乐;人知从太守游而乐,而不知太守之乐其乐也。醉能同其乐,醒能述以文者,太守也。太守谓谁[20]?庐陵欧阳修也。

① 环滁句:《朱子语类》卷一三九:"顷有人买得他《醉翁亭记》稿,初说滁州四面有山,凡数十字,末后改定,只曰'环滁皆山也'五字而已。"

② 林壑:树林山谷。

③ 蔚然:树木茂盛貌。深秀:幽深秀丽。琅琊:相传东晋元

帝(时为琅琊王)渡江曾驻此山,由是得名。

④ 酿泉:又名醴泉,琅琊溪源头之一。

⑤ 翼然:形容亭檐高翘如鸟展翅。

⑥ 太守:作者自称。汉代一郡的行政长官称太守,宋代一州之长称知州。

⑦ 而年又二句:作者这时不过四十岁,有诗《题滁州醉翁亭》云:"四十未为老,醉翁偶题篇。醉中遗万物,岂复记吾年!"

⑧ 得之心:领会在心。寓之酒:寄托于酒。寓,寄托。

⑨ 林霏开:林中雾气散去。云归:云气聚拢。暝:昏暗。

⑩ 芳:花。秀:茁壮生长。

⑪ 负者二句:互文见义,歌于途的人既有负者也有行者,休于树的人既有行者也有负者。负者,背东西的人。行者,赶路的人。

⑫ 伛偻(yǔ lǚ):驼背,这里指老年人。提携:领带搀扶,这里指孩童。

⑬ 洌(liè):清澈。

⑭ 山肴:野味。野蔌(sù):野菜。

⑮ 非丝非竹:指不用乐器佐酒助欢。丝,弦乐器;竹,管乐器。

作者《题滁州醉翁亭》:"但爱亭下水,来从乱峰间。声如自空落,泻向雨檐前。流入岩下溪,幽泉助涓涓。响不乱人语,其清非管弦。岂不美丝竹,丝竹不胜繁。所以屡携酒,远步就潺湲。"

⑯ 射者中:大概指九射格一类的习武助兴活动。作者有《九射格》一文:"九射之格,其物九,为一大侯(射布,张之以受矢,即所谓箭靶),而寓以八侯。熊当中,虎居上,鹿居下,雕、雉、猿居右,雁、兔、鱼居左。而物各有筹,射中其物,则视筹所在而饮之。"

⑰ 弈:围棋。

⑱ 觥(gōng)筹:酒杯和计数酒筹。

⑲ 阴翳(yì):树荫为暮霭笼罩。

⑳ 谓:为,是。

　　本文从题面看,似是记叙文,实为优美的抒情散文。早在景祐元年(1034),作者在《答西京王相公(曙)书》里,就提出过推行宽简政治的构想。在他看来,为政者应视年之丰凶,不失时机地自我调节。年凶时,节省开支,赈济灾民;一俟"年丰民乐",就须与民"休息而简安之,以复其常。此善为政者之术也,而礼典之所载也"。刺史的职责就在于"宣上恩德,以与民共乐"(《丰乐亭记》)。这次遭谗被贬至滁州,正为他实践自己的构想提供了合适的时机。果然,"期年粗有所成"(《与梅圣俞书》一七),他深以为慰。本文篇末点题,就是真切地道出了当时的心情及其写作意图。正因为如此,作者在"亭"字上着墨不多,对其远近背景仅作简洁勾画,而用一"乐"字贯串全文,而用主要的篇幅,淋漓酣畅地描述琅琊山间朝暮的晦明变化和四时景色,以及滁人游赏山水之乐和太守宴请众宾之乐,从而烘托出作者与民同乐的氛围,也表现出他不以迁谪介怀的豁达。其含蕴深厚,构思精巧;骈散交错,音调谐和。尤其是文中连用二十一个"也"字区分层次,无形中构成独脚韵,增强了行文的节奏感和音乐性。罗大经《鹤林玉露》甲编卷五说:"韩、柳犹用奇字重字,欧、苏唯用平常轻虚字,而妙丽古雅,自不可及。"本文问世后,不胫而走,名闻遐迩。据载:"醉翁亭在琅琊山寺侧,记成刻石,远近争传,疲于模打。山僧云:寺库有毡,打碑用尽,至取僧堂卧毡

给用。凡商贾来供施者,亦多求其本。僧问作何用,皆
云所过关征,以赠监官,可以免税。"(朱熹《考欧阳文忠
公事迹》)可见其流传之广、影响之大。

梅圣俞诗集序

予闻世谓诗人少达而多穷①,夫岂然哉?
盖世所传诗者,多出于古穷人之辞也。凡士之
蕴其所有而不得施于世者,多喜自放于山巅水
涯之外,见虫鱼草木风云鸟兽之状类,往往探其
奇怪。内有忧思感愤之郁积,其兴于怨刺,以道
羁臣、寡妇之所叹,而写人情之难言,盖愈穷则
愈工②。然则非诗之能穷人,殆穷者而后工也。

予友梅圣俞,少以荫补为吏,累举进士,辄
抑于有司,困于州县凡十余年③。年今五十,犹
从辟书,为人之佐,郁其所畜,不得奋见于事
业④。其家宛陵⑤,幼习于诗,自为童子,出语

已惊其长老。既长,学乎六经仁义之说。其为文章,简古纯粹,不求苟说于世⑥,世之人徒知其诗而已。然时无贤愚,语诗者必求之圣俞。圣俞亦自以其不得志者,乐于诗而发之。故其平生所作,于诗尤多。世既知之矣,而未有荐于上者。昔王文康公尝见而叹曰:"二百年无此作矣!"⑦虽知之深,亦不果荐也⑧。若使其幸得用于朝廷,作为雅颂,以歌咏大宋之功德,荐之清庙,而追商、周、鲁《颂》之作者,岂不伟欤⑨!奈何使其老不得志,而为穷者之诗,乃徒发于虫鱼物类、羁愁感叹之言?世徒喜其工,不知其穷之久而将老也,可不惜哉!

圣俞诗既多,不自收拾。其妻之兄子谢景初惧其多而易失也,取其自洛阳至于吴兴已来所作,次为十卷。予尝嗜圣俞诗,而患不能尽得之,遽喜谢氏之能类次也,辄序而藏之⑩。

其后十五年,圣俞以疾卒于京师。余既哭

而铭之,因索于其家,得其遗稿千余篇,并旧所藏,掇其尤者六百七十七篇,为一十五卷⑪。呜呼!吾于圣俞诗,论之详矣,故不复云⑫。庐陵欧阳修序。

① 达:通显。穷:困厄。《孟子·尽心上》:"穷则独善其身,达则兼善天下。"

② 凡士九句:意谓读书人怀才不遇,不能施展才能的,大多以山水自遣,将所见所感发为诗歌,所以能道出难以描摹的幽怨情思。因此,诗人的遭遇越困顿,诗作就越发工巧。《论语·阳货》:"小子何莫学夫诗,诗可以兴,可以观,可以群,可以怨。迩之事父,远之事君,多识于鸟兽草木之名。"梅尧臣《答韩三子华韩五持国韩六玉汝见赠述诗》:"屈原作《离骚》,自哀其志穷。愤世嫉邪意,寄在草木虫。"羁臣,被贬官员。

③ 予友五句:梅尧臣年轻时多次应进士试,不第,只能以叔父翰林侍读学士梅询的恩荫,任主簿、知县一类下层官吏,先后做过三任主簿、两任知县。有司,职官。

④ 辟：征召、荐举。佐：辅佐、辅助。郁：蕴蓄、蕴藏。奋：发扬。

⑤ 宛陵：宣城（今属安徽）旧名。

⑥ 苟说：苟且取悦。说（yuè），后作"悦"。

⑦ 王文康公：王曙，字晦叔，宋仁宗时官至枢密使、同中书门下平章事（宰相），谥文康。《独醒杂志》卷一："王文康公晦叔，性严毅，见僚属未尝解颜。知河南日，梅圣俞时为县主簿，一日，袖所为诗文呈公。公览毕，次日，对坐客谓圣俞曰：'子之诗，有晋、宋遗风，自杜子美没后，二百余年不见此作。'由是礼貌有加，不以寻常待圣俞矣。"

⑧ 不果荐：没有实现举荐。

⑨ 雅颂：指盛世的诗歌。《诗经》中有大、小《雅》，商、周、鲁《颂》。清庙：太庙。

⑩ 其妻七句：谢景初，字师厚，谢绛长子，梅尧臣妻侄。梅尧臣于天圣九年（1031）任河南县主簿，在洛阳，庆历二到四年（1042—1044）在吴兴任湖州监税。谢景初所辑十卷当为其间十余年所作诗。类次，分类依次编辑。庆历六年作者在《与梅圣俞》的信里提到"诗序谨如命附去，盖述大手作者之美，难为言，不知称意否"？看来，本文前此大段文字，是庆历六年所作。

⑪ 其后八句：此后至末，当在梅尧臣于嘉祐五年（1060）四月卒于京师后所补。既哭而铭之，梅尧臣卒后，作者有《哭圣俞》诗、《祭梅圣俞文》，明年又作《梅圣俞墓志铭》。可见本文最后完成是在嘉祐六年。尤，特出。关于梅尧臣集，这里说"一十五卷"，《墓志铭》中说"其文集四十卷"。今有明正统本《宛陵先生集》六十卷，存诗约二千九百首。诸说不一，详参朱东润《梅尧臣集编年校注》。

⑫ 吾于三句：作者论梅诗的作品有《水谷夜行寄子美圣俞》、《书梅圣俞稿后》、《六一诗话》等。

　　本文开端就以高屋建瓴之势，揭出"诗穷而后工"的中心命题，并以此统挈全篇。以下依次叙写梅尧臣身之穷、诗之工，结以"穷"、"工"、"惜"三字，回应上文。行文细针密线，颇具匠心。然后补叙结集过程。最后一节为嘉祐六年（1061）梅尧臣身后补作。全篇用语精警，文情并茂，确为欧公最着意之作。

　　诗文创作"穷而后工"论，韩愈《荆潭唱和诗序》已说"夫和平之音淡薄，而愁思之声要妙；欢愉之辞难工，而穷苦之言易好也",而与梅尧臣夫子自道"因事有所激,因物兴以通"(《答韩三子华韩五持国韩六玉汝见赠述诗》)一脉相通。韩愈已经注意到"欢愉之辞难工,而穷苦之言易好"这一文学创作中的普遍现象,但没有像欧阳修那样,进一步去探究其产生的社会土壤。作者笔下的"穷"与"达"是两个相对的概念,特指政治上的得失。仕途蹭蹬使作家艰苦备尝,但为其广泛接触社会、洞察世态人情,提供了丰富的创作素材。生活的反复磨炼,能使作家日趋成熟,这是为古今中外文学史所证明了的事实。作者对此作出了如此明确的理论概括,应该说是对韩愈"穷苦之言易好"论的深化与发展。从文学理论的角度剖析,本文涉及诗歌创作的两大基本要素:一是"见虫鱼草木风云鸟兽之状类",一是"内有忧思感愤之郁积"。这就是通常所说的托物抒情、情景相生。内在的"忧思感愤",必须借助于外在的景物才能"写人情之难言",尽情宣泄内心的感受。这又是欧阳修对文学理论和创作实践的经验总结。后来,他在熙宁四年(1071)五月为岳父薛奎写的《薛简肃公文集序》中又作了进一步阐发:"君子之学,或施之事业,或见于文章,而常患于难兼也。盖遭时之士,功烈显于朝廷,名誉光于竹帛,故其常视文章为末事,而又有不暇与不能者焉。至于失志之人,穷居隐约,苦心危虑而极于精思,与其有所感激发愤惟无所施于世者,皆一寓于文辞,故曰穷者之言易工也。"从文士穷达不同的平生遭际切入,揭示作家所处社会地位与创作的内在联系,显得尤为深刻而有说服力。

临 江 仙

记得金銮同唱第,春风上国繁华①。如今薄宦老天涯②。十年歧路,空负曲江花③。　　闻说阆山通阆苑④,楼高不见君家。孤城寒日等闲斜⑤。离愁难尽,红树远连霞⑥。

① 金銮:唐殿名,为人君燕居、文人学士待诏之所。后常指代皇宫正殿。同唱第:同年考中进士。唱第,科举考试后宣

唱及第进士名次。上国:京师。

② 薄宦:官职卑微。天涯:泛指远离京城的地方。

③ 十年:指景祐三年(1036)贬谪夷陵至庆历五年(1045)再贬滁州,正好十年。曲江花:唐代新进士放榜后例于曲江亭会宴,谓之曲江宴。曲江,曲江池,位于今陕西西安东南。宋代改称闻喜宴,这里是借用。

④ 阆山、阆苑:指同年赴任之地。阆山,在今四川阆中境。阆苑,《舆地纪胜·利东路阆州》:"阆苑,唐时鲁王灵夔、滕王元婴以衙宇卑陋,遂修饰宏大之,拟于宫苑,由是谓之隆苑。其后以明皇讳隆基,改谓之。"

⑤ 等闲:照常,随意。

⑥ 红树句:承"孤城"句来,点明离别的节令和时间。

释文莹《湘山野录》卷上载:"欧阳公顷谪滁州,一同年(忘其人)将赴阆倅(副贰之职,此指阆州通判),因访之,即席为一曲,歌以送曰:'记得金銮……'其飘逸清远,皆(李)白之品流也。……予皇祐中都下已闻此阕,歌于人口者二十年矣。"可知此词为作者贬知滁州时所作。时在秋天。

这首是赠别述怀之作。上片抚今思昔。遥想当年进士及第,金榜题名,天子赐宴,何等风光! 正如孟郊登科后在诗中所描写的那样:"春风得意马蹄疾,一日看尽长安花。"如今却是流落天涯,不由得发出"空负曲江花"的感喟! 下片抒写别情。一旦分手,天各一方,可望而不可即。景中寓情,馀韵绵邈。情真意切,自非一般应酬之作。这在欧词中并不多见。

啼　　鸟

穷山候至阳气生①,百物如与时节争。官居荒凉草树密,撩乱红紫开繁英。花深叶暗耀朝日,日暖众鸟皆嘤鸣。鸟言我岂解尔意,绵蛮但爱声可听②。南窗睡多春正美,百舌未晓催天明③。黄鹂颜色已可爱,舌端哑咤如娇婴④。竹林静啼青竹笋⑤,深处不见惟闻声。陂田绕郭白水满,戴胜谷谷催春耕⑥。谁谓鸣鸠拙无用,雄雌各自知阴晴⑦。雨声萧萧泥滑滑⑧,草深苔绿无人行。独有花上提葫芦,劝我沽酒花前倾⑨。其余百种各嘲哳⑩,异乡殊俗难知名。我遭谗口身落此,每闻巧舌宜可憎。春到山城苦寂寞,把盏常恨无娉婷⑪。花开鸟语辄自醉,醉与花鸟为交朋。花能嫣然顾我笑,鸟劝我饮非无情。身闲酒美惜光景,惟恐鸟散花飘零。可笑灵均楚泽畔,离骚憔悴愁独醒⑫。

① 穷山句:谓春天到了。候,节候。阳气生,古人把四时万物的变换都解说成阴阳对易所致。《管子·形势解》:"春者,阳气始上,故万物生。"

② 嘤鸣、绵蛮:鸟鸣声。《诗·小雅·伐木》:"嘤其鸣矣,求其友声。"又《小雅·绵蛮》:"绵蛮黄鸟,止于丘阿。"

③ 百舌:即乌鸫,鸣声圆滑多变。《淮南子·说山训》:"人有多言者,犹百舌之声,故曰百舌也。比喻人虽多言而无益干事也。"韩偓《懒起》诗:"百舌恼朝眠,春心动几般。"

④ 黄鹂:即黄莺,一名仓庚,毛色鲜明,鸣声宛转。哑咤:像

鸟鸣声。娇婴：稚嫩的小孩。

⑤ 竹林：鸟名，藏身于竹林。

⑥ 戴胜：此指布谷鸟。

⑦ 鸠拙：鸠拙于营巢，但识天气阴雨变化而变易其声。详参《班班林间鸠寄内》注①。

⑧ 泥滑滑：即竹鸡，形似鹌鹑而略小，鸣声如呼泥滑滑。

⑨ 提葫芦：鸟名。宋王质《林泉结契》："提葫芦，身麻斑，如鹧而小，嘴弯，声清重，初稍缓，已乃大激烈。"倾：干杯。

⑩ 嘲哳：鸟声嘈杂。

⑪ 娉婷：此指歌妓。宋代文酒之会每有官妓或家妓入席轻歌曼舞，侑酒佐欢。《乐府诗集·春歌二十首》一五："娉婷扬袖舞，阿那曲身轻。照灼兰光在，容冶春风生。"

⑫ 可笑句：《楚辞·渔父》："屈原既放，游于江潭，行吟泽畔；颜色憔悴，形容枯槁。渔父见而问之曰：'子非三闾大夫欤，何故至于斯？'屈原曰：'举世皆浊我独清，众人皆醉我独醒，是以见放。'"灵均，屈原。离骚，牢骚，即常人所谓发泄不平之气，发牢骚。作者借以自比。

嘉祐二年（1057）春，作者主持贡举考试也写了首

《啼鸟》诗,有云:"可怜枕上五更听,不似滁州山里闻。"足征此诗为庆历六年(1046)贬谪滁州时所作。

前选《班班林间鸠寄内》诗云:"苟能因谪去,引分思藏密。"的确,几经仕途风波的历练,贬谪滁州以后,作者虽一如既往,心忧天下,但已渐趋沉稳,不像先前那样敢于攻坚折锐,了无遮掩:"横身当众怒,见者旁可慄。"出于全身远祸的考虑,他这时不得不藏锋锐,韬潜谨饬,摆出随遇而安、幽独自乐的态势。作为诗文,往往以象喻的手法托物抒情,曲折地展现人情世态,表达爱憎,为读者留下联想的空间。当然,有时也会出现像"我遭谗口身落此,每闻巧舌宜可憎"那样直抒胸臆的诗句,体现出宋诗议论化的特色。结末二句,借用"众人皆醉我独醒"作比,意在为喝酒找借口,进而寄托自己的牢骚。

画　眉　鸟

百啭千声随意移,山花红紫树高低。
始知锁向金笼听,不及林间自在啼。

此诗前两句写景,景中寓理;后两句言理,情理兼融。诗人在再现良辰美景时,着意于将自己感悟到的某种理念,不露痕迹地含蕴其间,从而表现出诗人对禁锢人才的憎恶与否定、对自由生活的热爱与向往。前后对比鲜明,情、景、理三者的水乳交融,既富于艺术感染力,又能在思想上给人以有益的启迪。

别　　　滁

花光浓烂柳轻明,酌酒花前送我行。

我亦且如常日醉,莫教弦管作离声。

庆历八年(1048)二月,欧阳修告别滁州时所作。诗用明白晓畅的语言,勾画出众僚友乡亲为地方官送行时依依不舍的饯别场面,同时字里行间也流露出诗人终获平反昭雪、移镇要藩时舒坦开朗的情怀。它与当初谪守滁州途中所作《自河北贬滁州初入汴河闻雁》诗的情调迥然不同。全诗言简意赅,诗味盎然。

尹师鲁墓志铭

师鲁，河南人，姓尹氏，讳洙①。然天下之士识与不识皆称之曰师鲁，盖其名重当世。而世之知师鲁者，或推其文学，或高其议论，或多其材能②。至其忠义之节，处穷达，临祸福，无愧于古君子，则天下之称师鲁者未必尽知之。

师鲁为文章，简而有法③。博学强记，通知今古④，长于《春秋》。其与人言，是是非非，务穷尽道理乃已，不为苟止而妄随，而人亦罕能过也⑤。遇事无难易，而勇于敢为，其所以见称于世者，亦所以取嫉于人，故其卒穷以死⑥。

师鲁少举进士及第，为绛州正平县主簿、河南府户曹参军、邵武军判官，举书判拔萃⑦，迁山南东道掌书记、知伊阳县。王文康公荐其才，召试，充馆阁校勘，迁太子中允⑧。天章阁待制范公贬饶州，谏官、御史不肯言。师鲁上书，言：仲淹，臣之师友，愿得俱贬。贬监郓州酒税，又徙唐州⑨，遭父丧⑩。服除，复得太子中允、知河南县。赵元昊反，陕西用兵，大将葛怀敏奏起为经略判官⑪。师鲁虽用怀敏辟，而尤为经略使韩公所深知⑫。其后诸将败于好水，韩公降知秦州，师鲁亦徙通判濠州。久之，韩公奏，得通判秦州。迁知泾州，又知渭州，兼泾原路经略部署⑬。坐城水洛与边臣异议，徙知晋州。又知潞州⑭，为政有惠爱，潞州人至今思之。累迁官至起居舍人，直龙图阁。

师鲁当天下无事时独喜论兵，为《叙燕》、《息戍》二篇行于世⑮。自西兵起，凡五六岁，未尝不在其间，故其论议益精密，而于西事尤习其详。其为兵制之说，述战守胜败之要，尽当今之利害。又欲训土兵代戍卒⑯，以减边用，为御戎长久之策，皆未及施为。而元昊臣，西兵解严，师鲁亦去而得罪矣⑰。然则天下之称师鲁者,于其材能,亦未必尽知之也。

初,师鲁在渭州,将吏有违其节度者,欲按军法斩之而不果[18]。其后吏至京师,上书讼师鲁以公使钱贷部将,贬崇信军节度副使,徙监均州酒税[19]。得疾,无医药,舁至南阳求医[20]。疾革,隐几而坐[21],顾稚子在前,无甚怜之色,与宾客言,终不及其私。享年四十有六以卒。

师鲁娶张氏,某县君[22]。有兄源,字子渐,亦以文学知名,前一岁卒。师鲁凡十年间三贬官,丧其父,又丧其兄。有子四人,连丧其三。女一适人,亦卒。而其身终以贬死。一子三岁,四女未嫁,家无余资,客其丧于南阳不能归。平生故人无远迩皆往赙之[23],然后妻子得以其枢归河南,以某年某月某日葬于先茔之次[24]。余与师鲁兄弟交,尝铭其父之墓矣[25],故不复次其世家焉。铭曰:

藏之深,固之密。石可朽,铭不灭[26]。

① 师鲁：尹洙(1001—1046)字。作者初官洛阳时与之相识，即成为文学上、政治上的知友。河南：河南府，治所在今河南洛阳。讳：名。古代对尊敬人物回避他的名而又不能不用时就用"讳"置于名前。

② 推：推崇。多：称誉。

③ 简而有法：精于取舍又能于含蓄之中寓褒贬之意。作者《论尹师鲁墓志》："此一句，在孔子六经，惟《春秋》可当之。其他经非孔子自作文章，故虽有法而不简也。"

④ 通知今古：犹博古通今。《论尹师鲁墓志》："此语若必求其可当者，惟孔、孟也。"

⑤ 其与五句：谓判别是非一定把话说透说够，从不随声附和，令人无法置喙。是是，肯定正确。非非，否定错误。过，超过。《论尹师鲁墓志》："述其学……亦非孟子不可当此语。"

⑥ 遇事五句：取嫉于人，遭人忌恨。《论尹师鲁墓志》："既述其论议，则又述其材能，备言师鲁历贬，自兵兴便在陕西，尤深知西事，未及施为，而元昊臣，师鲁得罪，使天下之人尽知师鲁材能。"可为此五句注脚。

⑦ 绛州：故治在今山西新绛西南。主簿：官名，县令的佐吏。

户曹参军:州府属官,六曹参军之一,分掌户籍、赋税等。

书判拔萃:铨选试法之一,应试选人词理优长者,赴京考试判十道,合格者准予参加殿试。景祐元年(1034)罢。

⑧ 伊阳县:今河南汝阳。王文康公:王曙死后的谥号,他官至枢密使同中书门下平章事。太子中允:官阶,东宫官属,随宜设置。

⑨ 天章数句:参本书《与高司谏书》及注⑳。

⑩ 遭父丧:尹洙父名仲宣,景祐四年卒。景祐五年作者撰《尚书虞部员外郎尹公墓志铭》。

⑪ 赵元昊:西夏国主。元昊本姓李,因其祖父曾由宋王朝赐姓赵,故称,宝元元年(1038)称帝。葛怀敏:时任泾原路副都总管兼泾原、秦凤两路经略安抚副使。后与西夏军战,败死。

⑫ 辟:召。韩公:韩琦,时任陕西经略安抚副使。

⑬ 其后三句:庆历元年(1041)二月,韩琦行边至高平,遇元昊进犯渭州,遂命环庆副都部署任福率军与战,并戒令据险设伏,截其归路,勿轻易追击。而任福违反命令,遂于好水川中伏大败,因此尹洙被贬通判濠州(今安徽凤阳东北),韩琦被贬知秦州(州治在今甘肃天水)。泾州,州治在今甘

肃泾县。渭州,州治在今甘肃平凉西部。经略部署,经略
使下属武官,掌军旅屯戍、攻防等事务。

⑭ 坐城三句:据《宋史·尹洙传》,洙任渭州知州时,郑戬为陕
西四路都总管,遣刘沪、董士廉城水洛以通秦渭援兵,洙以
为城寨多分散兵力,奏罢之。而沪等督役如故。洙遣人召
沪,不至。于是械沪、士廉下狱。郑戬论奏不已,卒徙洙知
晋州,后知潞州。晋州治所在今山西临汾。潞州治所在今
山西长治。

⑮ 喜:爱好。《叙燕》、《息戍》:今存尹洙《河南集》。《论尹
师鲁墓志》:"志云师鲁喜论兵。论兵,儒者末事,言喜无
害。喜,非嬉戏之戏。喜者,好也,君子固有所好矣。孔子
言回也好学,岂是薄颜回乎? 后生小子未经师友,苟恣所
见,岂足听哉!"

⑯ 土兵:乡兵,当地丁壮保护地方的兵种。

⑰ 而元昊三句:庆历四年五月,元昊称臣。得罪:指下文所
记之事。

⑱ 初师鲁四句:指因城水洛逮捕刘沪、董士廉事。最后由于
郑戬"力争于朝,卒城之"(见《宋史·郑戬传》),而将尹洙
调往庆州。史实证明水洛城于秦州之利极多,曲在尹洙。

为此作者曾递呈了《论水洛城事宜乞保全刘沪等札子》和《再论水洛城事乞保全刘沪札子》,并在后一份札子中明确表示:"但得大臣公心,不于尹洙曲有党庇,则不与边防生患,此系国家利害甚大。"可见欧公论事至公,不徇私交。

⑲ 其后四句:《宋史·尹洙传》:"会(董)士廉诣阙上书讼洙,诏遣御史刘湜就鞠,不得他罪。而洙以部将孙用由军校补边,自京师贷息钱到官,亡以偿。洙惜其才可用,恐以犯法罢去,尝假公使钱为偿之,又以为尝自贷,坐贬崇信军节度副使,天下莫不以为湜文致之也。"均州,在今湖北。

⑳ 舁(yú):抬。南阳:即邓州治所,时范仲淹任邓州知州,尹洙往依之。

㉑ 疾革:病重。革,通"亟"。隐几:靠着桌子。

㉒ 县君:宋代中级官员妻子和母亲的封诰。

㉓ 赙(fù):送钱助丧。

㉔ 先茔:祖坟。

㉕ 铭:刻之金石的文体。文字整齐,有韵,用以称誉或警戒。墓志铭有两段文字,前面一大段用散文写成,记叙死者名讳、家世、仕履、生平事迹以及后嗣概况,与史传义相当。优秀的碑志往往具有文学和文献价值。后段则为韵文,言

简意赅,带有盖棺论定性质。

㉖ 藏之四句:《论尹师鲁墓志》:"意谓举世无可告语,但深藏牢埋此铭,使其不朽,则后世必有知师鲁者。其语愈缓,其意愈切,诗人之义也。"

本文为庆历八年(1048)作者移镇扬州时所作。

尹洙是欧阳修早在洛阳时结识的文坛畏友,其后又是政治上志同道合的知交。他们因坚持革故鼎新而在宦海风涛中迭经磨难,有过共沉浮、同进退、以沫相濡的经历。庆历五年夏,师鲁为水洛城事被董士廉参了一本,作者特地写信给尹,劝说他"仇家报怨不意,亦听而行,此更不须较曲直"(《与尹师鲁第五书》)。谁知尹师鲁又因此遭人暗算,被贬监均州酒税。及至贬所,又受知州赵可度的歧视、凌逼,疾病发作,连投医问药都受到刁难。幸而有范仲淹代为申奏,才被允许前往范仲淹治所邓州就医。但不久就溘然长逝,身后家境萧条,多亏友朋解囊相助才得归葬祖茔。作者对尹洙含冤致死深为悲痛,精心结撰了《尹师鲁墓志铭》和《祭尹师鲁文》

来抒发自己的哀思。其中特别值得注意的是欧阳修关于文风的自白。他说自己"见韩退之与孟郊联句，便似孟郊诗，与樊宗师作志，便似樊文，慕其如此，故师鲁之《志》，用意特深而语简，盖为师鲁文简而意深"。所谓语简，指行文简约。而要简约，首先必须精于剪裁，切忌细大不捐，面面俱到。尹洙一生，蓄道德而能文章。墓志对他的文学之长、论议之高、材能之美均未缕述，是因为这些都"不言可知"。对其文章只用了"简而有法"四个字来概括。墓志侧重于从蓄道德这一层面切入，可记之事甚多，"不可遍举"，所以只能"举其要者一两事以取信"，如主动要求与范仲淹同时受贬，"临终而语不及私"，以凸现"其忠义之节，处穷达，临祸福，无愧于古君子"的高风亮节。有法，也就是"用意深"，符合《春秋》笔法，寓褒贬于记叙之中，含意深永，耐人寻味。因此铭文也打破了对墓主作盖棺论定式直白赞颂，而只用了"藏之深，固之密。石可朽，铭不灭"十二个字，以寓传之久远的深层意蕴。

作者对撰写碑志自有其严格的规范化要求，那就是立言要有分寸,论断要准确,即使某一细节,也要一丝不苟,以取信于人。不错,尹师鲁反对时文、提倡古文,自有其成就和贡献,但在宋代,古文并非如人所说的为其首创。对待时文,尹师鲁也不免偏激。如贬抑范仲淹《岳阳楼记》用对语说时景为"传奇体耳",就是一个显证。因此,欧阳修本着"不虚美,不溢恶"的写作准则,对此略而不谈。在《论尹师鲁墓志》里特作如下说明:"若作古文自师鲁始,则前有穆修、郑条辈,及有大宋先达甚多,不敢断自师鲁始也。偶俪之文,苟合于理,未必为非,故不是此而非彼也。"如果说,欧阳修《论尹师鲁墓志》提出了关于碑传文写作的原则,那么此文正是实践这些原则的范例。

采 桑 子(十首选三)①

轻舟短棹西湖好②,绿水逶迤③。芳草长堤,隐隐笙歌处处随④。　　无风水面琉璃滑,不觉船移。微动涟漪⑤,惊起沙禽掠岸飞⑥。

① 《采桑子》前有《西湖念语》,有云"因翻旧阕之辞,寓以新声之调,敢陈薄伎,聊佐清欢"。《念语》先以"闲人"自称,可知现存《采桑子》是作者于宋神宗熙宁四年(1071)六月致仕、七月归颍州后整理写成的联章体鼓子词。共收同调词十首(首句均有"西湖好")。既称"因翻旧阕之辞,寓以新声之调",其中自然有不少是利用前此所作"旧阕"加工润色而成。颍州西湖位于城西北三里。《名胜志》载:"袤十里,广二里,翳然林木,为一邦之胜。"今已水涸不存。

② 棹(zhào):船桨。

③ 逶迤(wēi yí):绵延曲折貌。

④ 隐隐:隐隐约约。

⑤ 琉璃滑:喻指水面平滑如镜。作者《初至颍州西湖种瑞莲黄杨寄淮南转运吕度支发运许主客》诗:"平湖十顷碧琉璃,四面清阴乍合时。"琉璃,天然有光宝石,色青如玉,产于西域。涟漪:微波。

⑥ 沙禽:水鸟。作者《伊川泛舟》诗:"青溪渐生溜,演漾迴舟小。沙禽独避人,飞去青林杪。"

画船载酒西湖好,急管繁弦。玉盏催传①,

稳泛平波任醉眠。　　行云却在行舟下,空水澄鲜②。俯仰留连,疑是湖中别有天。

① 玉盏:玉制的酒杯,或为杯的美称。传:传杯,谓宴饮时传递酒杯劝酒。杜甫《九日》诗:"旧日重阳日,传杯不放杯。"《杜臆》:"'传杯不放杯',见古人只用一杯,请客传饮。"

② 空水句:谓水天一色,清澈明净。谢灵运《登江中孤屿》诗:"空水共澄鲜。"

　　群芳过后西湖好,狼籍残红①。飞絮濛濛②,垂柳阑干尽日风③。　　笙歌散尽游人去,始觉春空④。垂下帘栊⑤,双燕归来细雨中。

① 狼籍残红:形容落花散乱。

② 飞絮:指柳絮飘飞。

③ 阑干:横斜貌。尽日:整天。

④ 春空:犹言春意将了。

⑤ 帘栊(lóng)：窗帘。栊，窗上棂木，指代窗子。

作者权知颍州首尾不足一年半，写作赞美西湖胜概的诗词却不少，联章体《采桑子》十首可推为代表。这里选录的三首多侧面、多层次地描画了西湖的旖旎风光和游宴情怀。尽管所取视角不同，但都用活泼轻快的笔触，凸现出西湖迷人的春色：琉璃般的湖面、尽日飞舞的柳丝、长堤芳草、曲水逶迤、飞絮濛濛、笙歌隐隐……真是神韵隽永，美不胜收。尤其值得玩味的是写"群芳过后"一阕，众芳凋零，匆匆春已归去。从视觉而言，看到的是晚春景色；诉诸听觉，又是"笙歌散尽游人去"，留下的感觉当然是"始觉春空"。凡此种种，不免令人惘然若失。而在胸次高旷的欧阳修笔下，却以"垂下帘栊，双燕归来细雨中"结穴，伤感由此一扫而空，反而从寂寞孤独之中领悟到一种安闲静谧的人生乐趣，获得了异乎寻常的美的感受。这种独特的感受正是他恢复名誉来到这里以后心态舒坦的折光投影。

圣 无 忧

　　世路风波险,十年一别须臾①。人生聚散长如此,相见且欢娱。　　好酒能消光景,春风不染髭须②。为公一醉花前倒,红袖莫来扶③。

① 世路二句:谓与欧世英一别十年。作者《秀才欧世英惠然见访于其还也聊以赠之》诗:"相逢十年旧,暂喜一尊同。昔日青衫令,今为白发翁。"

② 好酒二句:谓好酒能欢度良辰美景,而春风却不能让人返老还童。消,抵,配,值。

③ 红袖:指歌妓。

　　回顾庆历新政流产前后十年间的切身经历,韶华蹉跎,一腔幽愤告诉无门,作者只得借酒浇愁。直面险恶的世路和聚散无常的人生,不是欷歔颓唐,而是强打精神,以"相见且欢娱"、"为公一醉花前倒,红袖莫来扶"

为上下片结末,疏狂旷达,于浅直中见深沉,含蕴着作者对人生价值的执着追求,与冯延巳词一脉相承。这类直抒胸臆的词约占欧词的四分之一。由于它们有益于开拓词的题材,得到了时人的重视,南宋初曾慥选《乐府雅词》将欧词推为有宋之冠,决非偶然。

寄 生 槐

桧惟凌云材,槐实凡木贱[1]。奈何柔脆质,累此孤高干。龙鳞老苍苍,鼠耳光粲粲[2]。因缘初莫原,感咤徒自叹。偷生由附托,得势争葱蒨[3]。方其荣盛时,曾莫见真赝[4]。欲知穷悴节,宜试以霜霰。萌芽起微蘗,辨别乖先见[5]。剪除初非难,长养遂成患。虽然根性殊,常恐枝叶乱。惟应植者深,幸不习而变。含容固有害[6],剿绝须明断。惟当审斤斧[7],去恶无伤善。

① 桧(guì)：常绿乔木，干直立，木质坚实，有香味，寿命可达数百年。《尔雅·释木》："桧，柏叶松身。"槐：落叶乔木，小叶卵状长圆形至卵状披针形，故下文云"鼠耳"。

② 龙鳞：此指桧树皮的外貌像龙鳞。王维《春日与裴迪过新昌里访吕逸人不遇》诗："闭户著书多岁月，种松皆老作龙鳞。"鼠耳：指槐叶形似鼠耳。《艺文类聚》卷八八引《庄子》："槐之生也，入季春五日而兔目，十日而鼠耳。"

③ 葱蒨：草木欣欣向荣貌。

④ 赝(yàn)：伪物。《宋书·恩倖传·戴法兴》："帝常使愿儿出入市里，察听风谣，而道路之言，谓法兴为真天子，帝为赝天子。"

⑤ 微蘖(niè)：新芽，嫩株。乖：乖疏，忽略。

⑥ 含容：包涵，宽容。

⑦ 审：谨慎，慎重。

这首寓言诗把投机取巧、趋炎附势、狐假虎威的小人比作依傍凌云桧柏的寄生槐，得势时喧宾夺主，以假乱真，但终经受不住严峻的考验："欲知穷悴节，宜试以霜霰。"对付他们最有效的办法是："萌芽起微蘖，辨别乖先见。剪除初非难,长养遂成患。"要及早下手,防微杜渐,切切不可养痈贻患;但在铲除群小时又务必审慎判别,免得误伤善类。其意与杜甫《将赴成都草堂途中有作先寄严郑公五首》之四所谓"新松恨不高千尺,恶竹应须斩万竿"近似。

食 糟 民

田家种糯官酿酒,榷利秋毫升与斗①。酒沽得钱糟弃物,大屋经年堆欲朽。酒醅瀺灂如沸汤②,东风来吹酒瓮香。累累罂与瓶③,惟恐不得尝。官沽味醲村酒薄,日饮官酒诚可乐。不见田中种糯人,釜无糜粥度冬春。还来就官买糟食,官吏散糟以为德④。嗟彼官吏者,其职称长民。衣食不蚕耕,所学义与仁。仁当养人义适宜,言可闻达力可施。上不能宽国之利,下不能饱尔之饥。我饮酒,尔食糟,尔虽不我责,我责何由逃!

① 榷利:官府对某些关系国计民生的物资如盐、铁、酒、茶之类实行专卖,以增加财政收入。秋毫:犹言细微、斤斤计较。王安石《收盐》诗:"一民之生重天下,君子忍与争秋豪(毫)。"升、斗:古代计量单位。

② 醅(pēi):未漉(过滤)的酒。瀺灂(chán zhuó):象声词。《文选·宋玉〈高唐赋〉》"巨石溺溺之瀺灂兮",李善注引《埤苍》:"瀺灂,水流声貌。"此指熟酒发酵传出的声响。沸汤:形容酒醅发酵时水酒翻滚的形状。

③ 罂:小口大肚的酒器。

④ 德:施惠于民,德政。

这是作者身体力行其"发声通下情"(《赠杜默》)文学主张的古体诗。它将"日饮官酒诚可乐"的官吏与"釜无糜粥度冬春"的平民作鲜明对比,揭发官吏以糯米酿酒然后又"散糟以为德"的卑劣行径,从一个侧面反映了当时社会的不合理现象。尤其难能可贵的是,作者以文为诗,以议论入诗,在对满口仁义道德、行为上背其道而行之的官吏提出尖锐批评的同时,也作了沉痛的自责:"我饮酒,尔食糟,尔虽不我责,我责何由逃!"这与白居易的讽喻诗及王禹偁《感流亡》等诗一样,表现出正直士大夫的内疚和不安。作家不是社会生活的旁观者,也不尽是评判家,而应又是参与者,不能也不应该超然物外。从这意义上说,《食糟民》还别具参照价值,能给读者以有益的启示。

庐山高赠同年刘中允归南康

庐山高哉几千仞兮,根盘几百里,巉然屹立乎长江①。长江西来走其下,是为扬澜左蠡兮,洪涛巨浪日夕相舂撞②。云消风止水镜净,泊舟登岸而远望兮,上摩青苍以晻霭,下压后土之鸿厖③。试往造乎其间兮,攀缘石磴窥空谾④。千岩万壑响松桧,悬崖巨石飞流淙。水声聒聒乱人耳,六月飞雪洒石矼⑤。仙翁释子

亦往往而逢兮,吾尝恶其学幻而言哤。但见丹
霞翠壁远近映楼阁,晨钟暮鼓杳霭罗幡幢⑥。
幽花野草不知其名兮,风吹露湿香涧谷,时有
白鹤飞来双。幽寻远去不可极,便欲绝世遗纷
痝⑦。羡君买田筑室老其下,插秧盈畴兮,酿酒
盈缸。欲令浮岚暖翠千万状,坐卧常对乎轩
窗。君怀磊砢有至宝,世俗不辨珉与玒⑧。策
名为吏二十载,青衫白首困一邦⑨。宠荣声利
不可以苟屈兮,自非青云白石有深趣,其气兀
硉何由降⑩? 丈夫壮节似君少,嗟我欲说安得
巨笔如长杠!

① 巀(jié)然:高峻耸立貌。

② 扬澜左蠡:释普济《五灯会元·庐山栖贤道坚禅师》:"有
官人问如何是祖师西来意? 师曰:扬澜左蠡,无风浪起。"
左蠡,即鄱阳湖。庐山在鄱阳湖左畔。舂撞:撞击、捶捣。

③ 青苍:指天。晻(ǎn)霭:荫蔽、重叠貌。南朝陈徐陵《与李
那书》:"山泽晻霭,松竹参差。"后土:指大地。《左传》僖

公十五年："君履后土而戴皇天。"鸿厖（máng）：广大厚重。

④ 造：到，登临。空谾（lóng）：深峻的山谷。

⑤ 飞雪洒石矼：指瀑布飞溅貌。石矼（gāng）：石桥。

⑥ 仙翁四句：谓庐山佛寺、道观林立。宋王辟之《渑水燕谈录》卷一〇："欧阳文忠公不喜释氏，士有谈佛书者，必正色视之，而公之幼子小字和尚。或问：'公既不喜佛，排浮屠，而以和尚名子，何也？'公曰：'所以贱之也，如今人家以牛驴名小儿耳。'问者大笑，且伏公之辨也。"仙翁：指道士。释子：指和尚。学幻而言哤（máng）：犹言故弄玄虚而语言杂乱无章。《国语·齐语》："杂处则其言哤。"晨钟暮鼓：佛寺中早晨撞钟、傍晚击鼓以报时。罗：罗列。幡幢（chuáng）：寺观中悬挂的旗帜、帘幔。

⑦ 纷痝（máng）：混杂不纯。痝，杂乱。

⑧ 磊砢：一作"磊珂"、"礌砢"，众石委积貌，这里形容仪态豪放洒脱。珉、玒（gāng）：好差。珉，似玉的优质石。玒，玉名。

⑨ 策名：姓名载入官籍。青衫困一邦：指困守下僚，连个七品芝麻官都够不上。《宋史·舆服志五》："七品以上服绿，

　　九品以上服青。"

⑩　兀硉（lù）：与"硉矹"同义，高耸，突出。李白《明堂赋》：
　　"挈金龙之蟠蜿，挂天珠之硉矹。"陆龟蒙《和袭美古杉三十
　　韵》："插天形硉兀，当殿势欹危。"这里似形容刘涣的气质。

　　这首诗是作者皇祐三年（1051）知应天府兼南京
（今河南商丘）留守司事时所作。刘中允，指刘涣。《宋
史·刘恕传》载："父涣，字凝之，为颍上令，以刚直不能
事上官，弃去。家于庐山之阳，时年五十。欧阳修与涣
同年进士也，高其节，作《庐山高》诗以美之。"

　　据说，此诗为作者得意之作。其子棐曾说："先公
平日未尝矜大所为文。一日被酒，语棐曰：'吾《庐山
高》，今人莫能为，惟李太白能之。'"（《石林诗话》卷
中）又，《朱文公文集》卷七一《考欧阳文忠公事迹》所录
李本《事迹》载："公惟尝因醉戏亲客曰：'《庐山高》他
人作不得，惟韩退之作得。'"《王直方诗话》也记载：郭
功父（祥正）到梅尧臣处朗诵此诗，梅听了"击节叹赏
曰：'使吾更作诗三十年，［亦］不能道其中一句。'功父

再诵，不觉心醉。……明日，圣俞赠功父诗曰：'一诵《庐山高》，万景不可藏。设令古画师，极意未能详。'"不过，有人对作者是否果真自许如此，表示怀疑。朱熹以为"恐嫌于夸"（《朱文公文集》卷七一）。清叶矫然《龙性堂诗话续集》则谓："或曰其子扬厥考之词非六一语也，良然。"更有明王世贞（《艺苑卮言》卷四《跋庐山高》）、清姚范（《援鹑堂笔记》卷四〇）对本诗提出批评的。清洪亮吉还说："欧公善诗而不善评诗……自诩《庐山高》，在公集中亦属中下。"（《北江诗话》卷二）贬抑似有过甚之失。平心而论，全诗笔触奇谲浪漫，近乎李白；辞藻高古，全用险韵，则效韩愈。作者以庐山的奇秀预作铺垫，突出刘涣的不为荣利所屈挂冠归隐的丈夫壮节，自有其匠心别具之长。与其前此所作《答太傅相公见赠长韵》诗里叨念的"报国如乖愿，归耕宁买田"的夙愿不谋而合，因而在这首诗里不禁流露出对刘涣归隐南康的企羡之情。诚如《梁溪漫志》卷七"诗作豪语"所说："欧公作《庐山高》，气象壮伟，殆与此山争雄，非公胸中有庐山，孰能至此。"就诗的总体风格而言，"虽曰似李（白），其刻意形容处，实于韩为逼近"（刘熙载《艺概·诗概》）。

真 州 东 园 记

真为州，当东南之水会，故为江淮、两浙、荆湖发运使之治所①。龙图阁直学士施君正臣、侍御史许君子春之为使也，得监察御史里行马君仲涂为其判官。三人者乐其相得之欢，而因其暇日，得州之监军废营以作东园，而日往游焉②。

岁秋八月，子春以其职事走京师③，图其所谓东园者来以示予，曰："园之广百亩，而流水横其前，清池浸其右，高台起其北。台，吾望以拂云之亭；池，吾俯以澄虚之阁；水，吾泛以画舫之舟。敞其中以为清宴之堂，辟其后以为射宾之圃④。芙蕖芰荷之的历，幽兰白芷之芬芳，与夫佳花美木列植而交阴，此前日之苍烟白露而荆棘也。高甍巨桷，水光日景动摇而下上，其宽闲深靓可以答远响而生清风，此前日之颓垣断堑而荒墟也⑤。嘉时令节，州人士女啸歌而管弦，此前日之晦冥风雨、鼪鼯鸟兽之嗥音也⑥。吾于是信有力焉⑦。凡图之所载，盖其一二之略也。若乃升于高以望江山之远近，嬉于水而逐鱼鸟之浮沉，其物象意趣，登临之乐，览者各自得焉⑧。凡工之所不能画者，吾亦不能言也。其为我书其大概焉。"

又曰："真，天下之冲也。四方之宾客往来者，吾与之共乐于此，岂独私吾三人者哉？然而池台日益以新，草树日益以茂，四方之士无日而不来，而吾三人者有时而皆去也，岂不眷眷于是哉⑨。不为之记，则后孰知其自吾三人者始也？"

予以谓三君子之材贤足以相济⑩，而又协

于其职，知所后先，使上下给足，而东南六路之
人无辛苦愁怨之声⑪。然后休其余闲，又与四
方之贤士大夫共乐于此。是皆可嘉也，乃为之
书。庐陵欧阳修记。

① 真为州句：唐属永贞县，宋大中祥符六年（1013）因铸真宗
像成，改名真州。即今江苏仪征。水会：水上交通的枢纽。
会，汇合。发运使：《宋史·职官志七》：“掌经度山泽财货
之源，漕淮、浙、江、湖六路储廥以输中都，而兼茶盐、泉宝
之政，及专举刺官吏之事。”庆历七年（1047），诏发运副使
更不置正使，置司真州，岁漕运江湖粟六百万斛供应中原。

② 相得：关系融洽，志趣契合。监军：唐五代一般用宦官作
监军使，充当皇帝在军队中的耳目，监视将帅。

③ 岁：指皇祐三年（1051）。子春：许元的字。旧时文人互相
间称呼一般都不指名道姓，而代之以字，以示尊重。许元，
宣城人，作者的好友，理财的能臣干吏。由于范仲淹的荐
拔，为江淮、两淮、荆湖发运判官，协助淮南转运使吕绍宁
督办东南漕运，很快就扭转了江淮岁漕不给、京师粮食匮

乏的局面,因此备受仁宗器重,特赐进士出身。以其职事
走京师:因干办公务来到开封。

④ 清宴:取河清海晏之义,以此名堂含颂圣之意。射宾之圃:
宋代园圃中多设射圃,为主人习射和娱宾之用,也寓居安
思危之意。

⑤ 芙蕖芰(jì)荷:水生植物,供观赏用。芙蕖、荷,荷花的别
名。芰,菱。杜甫《佐还山后寄》诗之三"隔沼连香芰"仇兆
鳌注引《武陵记》:"两角曰菱,三角四角曰芰。"的历:光
亮、鲜明貌。王勃《越州秋日宴山亭序》:"的历秋荷,月照
芙蓉之水。"甍(méng):屋脊。桷(jué):方形椽子。《释
文》:"榱也。方曰桷,圆曰椽。"靓:同"静"。答远响而生
清风:极言房宇宽敞高大,可以产生回声和穿风。

⑥ 鼪鼯(shēng wú):鼪鼠与鼯鼠,泛指鼠类动物。鼪,俗称
黄鼠狼。鼯,形似蝙蝠,善从高集下,夜出觅食,声如小儿
啼。嗥(háo):叫。

⑦ 有力:指有力能改变环境。

⑧ 物象:景物的形象、气象。自得:自己感受、体会。

⑨ 眷眷:依恋反顾貌。陶潜《杂诗》之三:"眷眷往昔时,忆此
断人肠。"

⑩ 相济：互相帮助、促成。

⑪ 东南六路：指江南东西路、荆湖南北路、淮南路、两浙路，均
为当时供应中原的主要粮食产地。

　　这是篇被评点家异口同声拍案叫绝的杰作。它和
范仲淹《岳阳楼记》一样，都是应友人之邀为勒石志盛
而作的记叙文。

　　文章之妙，全在谋篇布局之工巧。其篇首就昭示读
者，东园本是前代监军废营。着一"废"字，自然会让人
想象那里原先杂草丛生、棘荆遍地的荒芜景象。紧接着
就切入纪胜志盛的正题。约而言之，这一大段文字可分
三个层次："园之广百亩"至"辟其后以为射宾之圃"为
第一层，撮记园的总体布局。以百亩废墟营造园林，工
程之繁可想。"芙蕖芰荷之的历"至"麌麌鸟兽之嗥音
也"为第二层，细写园之景物。就废兴相形，逐一逆转
倒追，以"此前日"领起写先前之荒芜，对照鲜明，更有
情韵意态。逐段剪裁，文字不平衍，又得当时即图指点
神貌。其间以"水光日景动摇而上下"句作衬笔，尤见

摇曳生姿，楚楚动人。"若乃升于高以望江山之远近"至"吾亦不能言也"为第三层，补写园外景趣，登高望远，开拓视野，弥有馀情。而以"其为我书其大概焉"一句，落到作记。此虚后实，此正后反，都有层次变换。以下回应上文，由许元款款道出请欧阳修作记的初衷。前后埋伏照应，无不浑成。至末幅，始对三位"协于其职"的造园者用"是皆可嘉也"的感叹轻轻一点，收拾通篇无数笔墨，干净利索，令人叹为观止。

苏氏文集序

予友苏子美之亡后四年，始得其平生文章遗稿于太子太傅杜公之家[①]，而集录之以为十卷。子美，杜氏婿也，遂以其集归之，而告于公曰："斯文，金玉也，弃掷埋没粪土，不能销蚀。其见遗于一时[②]，必有收而宝之于后世者。虽其埋没而未出，其精气光怪已能常自发见，而物亦不能掩也[③]。故方其摈斥摧挫、流离穷厄之时,文章已自行于天下,虽其怨家仇人及尝能出力而挤之死者,至其文章,则不能少毁而掩蔽之也。凡人之情忽近而贵远,子美屈于今世犹若此,其申于后世宜如何也! 公其可无恨。"

予尝考前世文章政理之盛衰,而怪唐太宗致治几乎三王之盛,而文章不能革五代之余习④。后百有余年,韩、李之徒出,然后元和之文始复于古⑤。唐衰兵乱,又百余年而圣宋兴,天下一定,晏然无事。又几百年⑥,而古文始盛于今。自古治时少而乱时多,幸时治矣,文章或不能纯粹,或迟久而不相及⑦,何其难之若是欤? 岂非难得其人欤? 苟一有其人,又幸而及出于治世,世其可不为之贵重而爱惜之欤? 嗟吾子美,以一酒食之过,至废为民而流落以死⑧。此其可以叹息流涕,而为当世仁人君子之职位宜与国家乐育贤材者惜也。

子美之齿少于予⑨,而予学古文反在其后。天圣之间,予举进士于有司,见时学者务以言语声偶摘裂,号为时文,以相夸尚⑩。而子美独与其兄才翁及穆参军伯长⑪,作为古歌诗杂文,时人颇共非笑之,而子美不顾也。其后天子患时文之弊,下诏书讽勉学者以近古,由是其风渐息,而学者稍趋于古焉。独子美为于举世不为之时,其始终自守,不牵世俗趋舍,可谓特立之士也。

子美官至大理评事、集贤校理而废,后为湖州长史以卒,享年四十有一⑫。其状貌奇伟,望之昂然,而即之温温⑬,久而愈可爱慕。其材虽高,而人亦不甚嫉忌,其击而去之者,意不在子美也⑭。赖天子聪明仁圣,凡当时所指名而排斥,二三大臣而下,欲以子美为根而累之者,皆蒙保全,今并列于荣宠。虽与子美同时饮酒得罪之人,多一时之豪俊,亦被收采,进显于朝廷。而子美独不幸死矣，岂非其命也？悲夫！
庐陵欧阳修序。

① 太子太傅杜公：指杜衍（978—1057），字世昌，苏舜钦岳丈。
　　曾任枢密使并拜相，官至尚书左丞，以太子少师致仕，累迁
　　太子太保、太傅、太师，封祁国公。太子太傅，本为辅翊皇
　　太子的官名。宋代作为官名，从一品，只授予宰相本官未
　　至仆射者和致仕的枢密使。

② 见遗：被遗弃。

③ 虽其三句：借用龙泉剑的故事，比喻苏舜钦的诗文虽埋没
　　一时，然其光华锐气终不可掩。《晋书·张华传》记张华见
　　斗牛二星座间常有紫气，因问雷焕，焕说是宝剑之精上彻
　　于天。华问在何郡，焕说在丰城。于是张华派雷焕为丰城
　　令，焕至县，掘狱屋基，果于地下得龙泉、太阿两宝剑。

④ 予尝三句：以史实证明文章的盛衰与政治的理乱常非同
　　步。唐太宗，史载“其除隋之乱，比迹汤、武，致治之美，庶
　　几成、康”（《新唐书·太宗本纪赞》）。五代，指南朝宋、
　　齐、梁、陈、隋，一说梁、陈、齐、周、隋。

⑤ 元和：唐宪宗年号（806—820），韩愈、李翱的主要活动在这

一时期。

⑥ 几百年:将近一百年,指宋王朝开国至天圣以后。

⑦ 或迟久句:往往滞后而赶不上太平盛世。

⑧ 嗟吾三句:指苏舜钦在进奏院以"卖故纸"款充会饮经费
之事。详参《梁溪漫志》卷八引庆历乙酉(四年)十月苏舜
钦致欧阳修书。

⑨ 齿:年龄。

⑩ 摘(zhāi)裂:割裂。摘,同"摘"。作者《与荆南乐秀才
书》:"所谓时文者,皆穿蠹经传,移此俪彼以为浮薄,惟恐
不悦于时人,非有卓然自立之言如古人者。"

⑪ 才翁:苏舜元的字。穆修(979—1032):字伯长,大中祥符
间赐进士出身,历任泰州司理参军、颍州文学参军,一时士
大夫称能文学者必曰穆参军。参军,官名。

⑫ 大理评事:治狱事的官署大理寺属下的官员。集贤校理:
收掌校勘典籍的官署集贤院属下的官员。苏舜钦被削职
为民后,寓居苏州,今沧浪亭是其寓所的遗址。两年后复
为湖州长史,以疾卒于苏州。长史,官名,与诸州府司马、
别驾称上佐官,为散官,无职掌。

⑬ 即之:接近他。温温:温和柔顺貌。

⑭ 其击二句：当时守旧派王拱辰之流诬陷苏舜钦，意在打击
范仲淹、杜衍等推行的"庆历新政"。作者《湖州长史苏君
墓志铭》云："以君文正公之所荐而宰相杜公婿也，乃以事
中君，坐监进奏院祠神奏用市故纸钱会客为自盗除名。君
名重天下，所会客皆一时贤俊，悉坐贬逐。然后中君者喜
曰：'吾一举网尽之矣。'"会饮得罪者有王洙、王益柔、吕
溱、刁约、宋敏求等人。

　　本文为作者皇祐三年（1051）留守南京时所作。其
时上距苏舜钦之死已过了四年。序文与前此所作《祭
苏子美文》侧重点不同。祭文侧重于称颂苏舜钦的文
风。本文则站在历史的制高点上，鸟瞰唐宋古文运动产
生、发展、逆转以至再振的全部进程，突现苏舜钦对诗文
革新所作的杰出贡献。
　　序文从宏观考察入手，审视上自唐太宗下迄当今几
百年间文章与治乱不相及的史实，提出了入宋"天下大
定，晏然无事"者久矣，何以"古文始盛于今"的问题，进
而探究其原因。先是喟然而叹"何其难之若是欤"，复

反诘发问"岂非难得其人欤"？层层递进，直逼出症结之所在，指出滞后的关键就在于当轴者对人才的不重视、不爱惜。苏舜钦就是个显证。"嗟吾子美，以一酒食之过，至废为民而流落以死"，仅仅是个表象；其深层原因，序文只用"其击而去之者，意不在子美也"一语破的。项庄舞剑，意在沛公，行文语缓词严，矛头直指守旧派的卑鄙。

写作本文时，欧阳修凭借其文学主张、创作实绩以及奖掖后进唯恐不及的恢宏气度，已赢得了时贤的尊敬和爱戴。但他在文中写道："子美之齿少于予，而予学古文反在其后。"尤其难能可贵的是，当时学者纷纷"以时文相夸尚"，而他却不顾时人"非笑"，"于举世不为之时，始终自守，不牵世俗趋舍"，矫世变俗，开倡导古文之先，不愧为"特立之士也"。从纵向联系、横向比较中，凸现其在北宋诗文革新中的地位。于此，我们也可看到作者决不掠人之美、尊重历史、虚怀若谷的道德风范。

再就苏舜钦的人品而言，《祭苏子美文》说："子于穷达,始终仁义。"本文又说:"其状貌奇伟,望之昂然而即之温温,久而愈可爱慕。其材虽高,而人亦不甚嫉忌。"如此难得之材、"特立之士"竟被诬见斥,以致流落至死,天道人理何在?怎能不令人为之痛惜、扼腕!值得宽慰的是,"立言"是不朽的事业。用苏轼《与谢民师推官书》所引欧阳修的话说:"文章如精金美玉,市有定价,非人所能以口舌定贵贱也。"如今苏文"已自行于天下,虽其怨家仇人,及尝能出力而挤之死者,至其文章,则不能少毁而掩蔽之也"。因此,苏舜钦虽屈于生前,而必伸于后世。从这种意义上说,这篇序文也可视为又一篇告慰死者的祭文。

伶 官 传 序①

　　呜呼,盛衰之理,虽曰天命,岂非人事哉②!原庄宗之所以得天下,与其所以失之者,可以知之矣③。

　　世言晋王之将终也,以三矢赐庄宗而告之

曰④:"梁,吾仇也;燕王吾所立,契丹与吾约为兄弟,而皆背晋以归梁⑤。此三者,吾遗恨也。与尔三矢,尔其无忘乃父之志。"庄宗受而藏之于庙⑥。其后用兵,则遣从事以一少牢告庙,请其矢,盛以锦囊,负而前驱,及凯旋而纳之⑦。方其系燕父子以组,函梁君臣之首,入于太庙,还矢先王而告以成功,其意气之盛,可谓壮哉⑧!及仇雠已灭,天下已定,一夫夜呼,乱者四应,苍皇东出,未及见贼,而士卒离散,君臣相顾,不知所归,至于誓天断发,泣下沾襟,何其衰也⑨!岂得之难而失之易欤?抑本其成败之迹而皆自于人欤⑩?

《书》曰:"满招损,谦得益。"⑪忧劳可以兴国,逸豫可以亡身⑫,自然之理也。故方其盛也,举天下之豪杰莫能与之争⑬;及其衰也,数十伶人困之而身死国灭,为天下笑⑭。夫祸患常积于忽微,而智勇多困于所溺,岂独伶人也哉⑮！作《伶官传》。

① 《伶官传》是《新五代史》中的一篇合传，记伶人敬新磨、景进、史彦琼、郭从谦事迹。这四人全是后唐庄宗的幸臣。

② 盛衰三句：国家兴衰的原委。理，《易·系辞上》："仰以观于天文，俯以察于地理。"孔颖达疏："地有山川原隰，各有修理，故称理也。"本指物质组织的纹路，可引申为内在因素。天命，谓人的吉凶祸福、国家的成败兴亡，都由天来决定。人事，人的作为，这里的"人"，特指当轴者。《新五代史·司天考二》："人事者，天意也。《书》曰：'天视自我民视，天听自我民听。'未有人心悦于下，而天意怒于上者；未有人理逆于下，而天道顺于上者。"

③ 原：推本究原。庄宗：即李存勖。即位后，国号曰唐，史称后唐。

④ 世言二句：王禹偁《五代史阙文》："世传武皇（李克用）临薨，以三矢付庄宗曰：'以一矢讨刘仁恭……一矢击契丹……一矢灭朱温。'"晋王，指李克用，沙陀人。其先本号朱邪，出于西突厥，后以为姓。其父因有功于唐王朝，被赐姓李。其后，李克用助唐镇压黄巢农民起义有功，被封为

晋王;庄宗即位后,追尊为武帝,庙号太祖。将终,临死。矢,箭。

⑤ 梁:指朱温,原是黄巢起义军将领,后叛变降唐。因镇压起义军有功,赐名全忠,封梁王。其后代唐称帝,以梁为国号,庙号太祖。李克用与朱温拥兵割据,屡相攻伐,又被朱温围困过。燕王:指刘仁恭。李克用攻取幽州,以刘仁恭为留后,并请命于唐,授刘仁恭卢龙节度使。后刘仁恭不服李克用调遣,李发兵攻刘,败。刘归附于梁,朱温封刘守光为燕王。时李克用已死。此处称"燕王",乃作者追叙之辞。契丹:部族名,即辽政权。唐昭宗天祐元年(905)李克用与契丹首领耶律(姓)阿保机(名)结盟为兄弟,联兵攻打朱温。后阿保机背约,通好于梁,联手灭李。

⑥ 乃父:你父亲。这里晋王自指。志:指消灭梁、燕、契丹的报仇志愿。庙:太庙。

⑦ 从事:官名,这里泛指一般属官。少牢:用羊豕作祭品。《礼记·王制》:"诸侯社稷皆少牢。"程大昌《演繁露》:"牛羊豕具为太牢。但有羊豕而无牛,则曰少牢。"一说专指祭羊。《大戴礼记·曾子天圆》:"大大之祭牲,羊曰少牢。"孔广森《补注》:"少牢,举羊以赅豕。"告庙:古代皇帝及诸侯

外出或遇有大事，须向祖庙祭告，称告庙。

⑧ 方：当。系：缚。组：丝带。李存勖派部将周德威攻破幽
州，活捉刘仁恭。其子刘守光南逃沧州，途中被擒，与刘仁
恭一并械送太原，斩首献于太庙以为祭品。函：装入木匣。
李存勖攻破大梁，梁末帝朱友贞(温三子)及其部将皇甫麟
自杀，李砍其首加漆，装匣，归献太庙。首：首级。先王：
此指晋王李克用。

⑨ 一夫：指皇甫晖。《旧五代史·唐书·庄宗纪》，同光四年
(926)正月，邺都军将赵在礼因军士皇甫晖等推戴，反于贝
州，邢州军将赵太继叛，成德军节度使李嗣源受命讨伐。
既至魏，反与赵在礼合流，博州守将翟建亦自称刺史，一时
后唐大乱。乱平，李嗣源称帝，是为后唐明帝。李嗣源“事
太祖，为人质厚寡言，执事恭谨，太祖养以为子，赐名嗣源”
(《新五代史·唐本纪六》)。李嗣源与李克用之间并无血
缘关系，因此下文谓庄宗“身死国灭”。“仓皇东出”以下谓
庄宗由京城洛阳东奔汴州，而汴州已为李嗣源占领，于是
又仓皇折回。三月“甲申，帝至石桥西，置酒悲涕，谓李绍
荣等诸将曰：‘卿辈事吾以来，急难富贵靡不同之，今致吾
至此，皆无一策以相救乎？’诸将百余人，皆截发置地，誓以

死报,因相与号泣。是晚,入洛城"。(《资治通鉴·后唐
纪三》)

⑩ 抑:还。本:推原,推究。

⑪ 《书》曰句:语出《尚书·大禹谟》,意谓自满会使人遭到损
害,谦虚能让人获得助益。

⑫ 逸豫:安乐舒适。

⑬ 举:全部,所有。

⑭ 数十伶人:主要指《伶官传》所载景进、史彦琼、郭门高诸人
及其部属。

⑮ 忽:古代极小的数量单位。蚕吐丝的十分之一。微:细
小。溺:沉迷。

这是欧阳修为《新五代史·伶官传》所写的传序,
置之篇首,开宗明义,标示作意。其子发等所作《先公
事迹》说:"其于《五代史》,尤所留心,褒贬善恶,为法精
密,发论必以'呜呼',曰:'此乱世之书也。'"为伶官作
传,为作者首创。它和《死节传》、《死事传》、《一行
传》、《义儿传》的设置相似,意在记叙五代特殊的时尚
风习,以史为鉴,引绎出足资参考的历史经验。关于李

存勖得天下的事实,不仅《唐本纪六》和《伶官传》没有写,即使在其他篇里也不曾涉及。这是因为入史的资料必须信而有征。至于那些事出有因而查无实据的,只能按有闻必录的原则置诸传序,才最为合适。王禹偁《五代史阙文》已有著录并标明"世传",因此本文也冠以"世言"二字,显得有根有据,绝非向壁虚构。与王禹偁所记相比,此文更为精练和生动传神,尤其是李克用临终嘱托和"与尔三矢"的动作,被描写得绘声绘色。追述往事,激励复仇,说得那么急促,那么斩钉截铁,决心之坚定,跃然纸上。庄宗"受而藏之太庙",又是如此庄重。这为下文克敌制胜的描叙预作铺垫、蓄势,也为最后盛衰对比引出经验教训、得出论断埋下伏线。

再就谋篇布局而言,发端点出题旨;中间叙事抑扬有致,感慨淋漓。先是"其意气之盛,可谓壮哉",与后面"何其衰也"形成强烈的反差、鲜明的对比。接着又以"岂得之难而失之易欤?抑本其成败之迹而皆自于人欤",回应篇首"盛衰之理,虽曰天命,岂非人事哉",深化了事在人为的论断。最后用两对排偶句式"忧劳可以兴国,逸豫可以亡身"、"祸患常积于忽微,而智勇多困于所溺"归结,成为发人深思的至理名言。

排偶句式的穿插运用,增强了文章的议论气势。因此,沈德潜说它"直可与史迁相为颉颃"（《古文观止》卷一〇引）。

资政殿学士户部侍郎文正范公神道碑铭①

皇祐四年五月甲子,资政殿学士、尚书户部侍郎、汝南文正公薨于徐州,以其年十有二月壬申,葬于河南尹樊里之万安山下②。公讳仲淹,字希文。五代之际,世家苏州,事吴越。太宗皇帝时,吴越献其地,公之皇考从钱俶朝京师,后为武宁军掌书记以卒③。

公生二岁而孤,母夫人贫无依,再适长山朱氏④。既长,知其世家,感泣去之南都⑤。入学舍,扫一室,昼夜讲诵,其起居饮食,人所不堪,而公自刻益苦⑥。居五年,大通六经之旨⑦,为文章,论说必本于仁义。祥符八年,举进士,礼部选第一,遂中乙科,为广德军司理参军⑧,始归迎其母以养。及公既贵,天子赠公曾祖苏州粮料判官讳梦龄为太保,祖秘书监讳赞时为太傅,考讳墉为太师,妣谢氏为吴国夫人⑨。

公少有大节⑩,于富贵、贫贱、毁誉、欢戚,不一动其心,而慨然有志于天下,常自诵曰:"士当先天下之忧而忧,后天下之乐而乐也。"其事上遇人,一以自信,不择利害为趋舍⑪。其所有为,必尽其方,曰:"为之自我者当如是,其成与否,有不在我者,虽圣贤不能必,吾岂苟哉⑫!"

天圣中,晏丞相荐公文学,以大理寺丞为秘阁校理⑬。以言事忤章献太后旨,通判河中府。久之，上记其忠，召拜右司谏。当太后临朝听政时，以至日大会前殿，上将率百官为寿。有司已具，公上疏言天子无北面，且开后世弱人主以强母后之渐，其事遂已。又上书请还政，天子不报⑭。

及太后崩，言事者希旨，多求太后时事，欲深治之⑮。公独以谓太后受托先帝，保佑圣躬，始终十年，未见过失，宜掩其小故以全大德。初，太后有遗命，立杨太妃代为太后。公谏曰："太后，母号也，自古无代立者。"由是罢其册命⑯。

是岁，大旱蝗，奉使安抚东南。使还，会郭皇后废，率谏官、御史伏阁争，不能得，贬知睦州，又徙苏州⑰。岁余，即拜礼部员外郎、天章阁待制，召还，益论时政阙失，而大臣权幸多忌恶之。

居数月，以公知开封府。开封素号难治，公治有声。事日益简，暇则益取古今治乱安危为上开说，又为《百官图》以献，曰："任人各以其材而百职修，尧、舜之治不过此也。"因指其迁进迟速次序曰："如此而可以为公，可以为私，亦不可以不察。"由是吕丞相怒，至交论上前，公求对，辨语切，坐落职，知饶州[18]。

明年，吕公亦罢。公徙润州，又徙越州[19]。而赵元昊反河西，上复召相吕公。乃以公为陕西经略安抚副使，迁龙图阁直学士[20]。是时，新失大将[21]，延州危。公请自守鄜延扞贼，乃知延州[22]。元昊遣人遗书以求和，公以谓无事请和，难信，且书有僭号，不可以闻，乃自为书，告以逆顺成败之说，甚辩[23]。坐擅复书，夺一官，知耀州[24]。未逾月，徙知庆州[25]。既而四路置帅[26]，以公为环庆路经略安抚、招讨使、兵马都部署，累迁谏议大夫、枢密直学士。

公为将，务持重，不急近功小利。于延州筑青涧城，垦营田，复承平、永平废寨，熟羌归业者数万户㉗。于庆州城大顺以据要害,夺贼地而耕之㉘。又城细腰、胡芦,于是明珠、灭臧等大族,皆去贼为中国用㉙。自边制久隳,至兵与将常不相识。公始分延州兵为六将,训练齐整,诸路皆用以为法㉚。公之所在,贼不敢犯㉛。人或疑公见敌应变为如何?至其城大顺也,一旦引兵出,诸将不知所向,军至柔远㉜,始号令告其地处,使往筑城。至于版筑之用㉝,大小毕具,而军中初不知。贼以骑三万来争,公戒诸将:战而贼走,追勿过河。已而贼果走,追者不渡,而河外果有伏。贼既失计,乃引去。于是诸将皆服公为不可及。公待将吏,必使畏法而爱己。所得赐赉㉞,皆以上意分赐诸将,使自为谢。诸蕃质子㉟,纵其出入,无一人逃者。蕃酋来见,召之卧内,屏人彻卫,与语不疑。公居三岁,士勇边实,恩信大洽,乃决策谋取横山,复灵武,而元昊数遣使称臣请和,上亦召公归矣。初，西人籍为乡兵者十数万，既而黥以为军，惟公所部，但刺其手，公去兵罢，独得复为民㊱。其于两路，既得熟羌为用，使以守边，因徙屯兵就食内地，而纾西人馈饷之劳㊲。其所设施，去而人德之㊳，与守其法不敢变者，至今尤多。

自公坐吕公贬㊴，群士大夫各持二公曲直。吕公患之，凡直公者㊵，皆指为党，或坐窜逐。及吕公复相，公亦再起被用，于是二公欢然相约勠力平贼。天下之士皆以此多二公，然朋党之论遂起而不能止。上既贤公可大用，故卒置群议而用之㊶。

庆历三年春，召为枢密副使㊷，五让不许，乃就道。既至数月，以为参知政事㊸，每进见，必以太平责之㊹。公叹曰："上之用我者至矣，然事有先后，而革弊于久安，非朝夕可也。"既而上再赐手诏，趣使条天下事㊺，又开天章阁，召见赐坐，授以纸笔，使疏于前。公惶恐避席[46]，始退而条列时所宜先者十数事上之[47]。其诏天下兴学，取士先德行不专文辞，革磨勘例迁以别能否，减任子之数而除滥官，用农桑、考课、守宰等事[48]，方施行，而磨勘、任子之法，侥幸之人皆不便，因相与腾口[49]，而嫉公者亦幸外有言，喜为之佐佑[50]。会边奏有警，公即请行，乃以公为河东、陕西宣抚使。至则上书愿复守边，即拜资政殿学士、知邠州，兼陕西四路安抚使。其知政事，才一岁而罢，有司悉奏罢公前所施行而复其故[51]。言者遂以危事中之[52]，赖上察其忠，不听。

是时，夏人已称臣，公因以疾请邓州[53]。守邓三岁，求知杭州，又徙青州[54]。公益病，又求知颍州[55]，肩舆至徐[56]，遂不起，享年六十有四。方公之病，上赐药存问。既薨，辍朝一日[57]，以其遗表无所请[58]，使就问其家所欲，赠以兵部尚书,所以哀恤之甚厚。

公为人外和内刚,乐善泛爱。丧其母时尚贫,终身非宾客食不重肉⑤,临财好施,意豁如也⑥。及退而视其私,妻子仅给衣食。其为政,所至民多立祠画像⑥。其行己临事,自山林处士、里闾田野之人,外至夷狄,莫不知其名字,而乐道其事者甚众。及其世次、官爵,志于墓、谱于家、藏于有司者,皆不论著,著其系天下国家之大者,亦公之志也欤! 铭曰:

范于吴越,世实陪臣。俶纳山川,及其士民。范始来北,中间几息⑫? 公奋自躬,与时偕逢。事有罪功,言有违从。岂公必能,天子用公。其艰其劳,一其初终。夏童跳边⑥,乘吏怠安⑥。帝命公往,问彼骄顽。有不听顺,锄其穴根。公居三年,怯勇豁完⑥。儿怜兽扰⑥,卒俾来臣。夏人在廷,其事方议。帝趣公来,以就予治。公拜稽首,兹惟难哉! 初匪其难,在其终之[67]。群言营营，卒坏于成[68]。匪恶其成，惟公是倾[69]。不倾不危，天子之明。存有显荣，殁有赠谥。藏其子孙，宠及后世。惟百有位，可劝无怠[70]。

① 资政殿学士：宋代置诸殿学士，出入侍从，以备顾问，无官守、无典掌而资望极高。这是一种荣誉性官衔，常由罢职辅臣充任，以示尊崇。户部侍郎：属尚书省，主管官称尚书，侍郎为副职。文正：范仲淹死后的谥号。神道碑：《文心雕龙·诔碑》："其序则传，其文则铭。"碑志由传和铭两部分组合而成。立在墓前者叫墓表，立在墓道上的叫阡表或神道碑，埋在圹内的叫墓志。

② 汝南：范姓的郡望。薨：旧时称帝王、诸侯或大官之死。十有二月壬申：十二月初一日。河南尹，即河南府，府治在今河南洛阳。

③ 事吴越：在吴越国做官。吴越，五代时江南钱镠所立国名。皇考：死去的父亲。钱俶（929—988）：钱镠之孙，太平兴国三年（978）纳土归朝，国除。

④ 再适：再嫁。

⑤ 南都：南京。宋真宗改宋州（今河南商丘）为应天府，称南京。

⑥ 其起居三句：《宋史》本传亦谓"昼夜不息，冬月惫甚，以水沃面，食不给，至以糜粥继之。人不能堪，仲淹不苦也。"

⑦ 六经：指儒家《诗》、《书》、《礼》、《乐》、《易》、《春秋》六部经典。

⑧ 祥符八年：即大中祥符八年（1015）。礼部：当时进士试由礼部主持。进士考试合格后再经殿试，然后分成数等或数甲，俗称第一等或第一甲为"甲科"，第二等或第二甲为"乙科"。广德军：军州名，治所在今安徽广德。

⑨ 赠：封赠。宋代高级官员由朝廷追封祖先三代，即所谓"荣宗耀祖"。

⑩ 大节：安国家、定社稷的节操。

⑪ 事上遇人：侍奉皇上、对待同僚。一以自信：全凭自己的认识行事。趋舍：取舍，引申为好恶。

⑫ 苟：马虎敷衍。

⑬ 天圣：宋仁宗年号（1023—1032）。晏丞相：指晏殊，时任应天府知府。大理寺丞：掌管刑狱之官。秘阁校理：官

名,专以读书为务,不任吏责,往往要由公卿荐引而为人主所亲知。

⑭ 以言事十四句:《续资治通鉴长编》卷一〇八载:"癸亥(天圣七年)冬至,上率百官上皇太后寿于会庆殿,乃御天安殿受朝。秘阁校理范仲淹奏疏言:'天子有事亲之道,无为臣之礼;有南面之位,无北面之仪。若奉亲于内,行家人礼可也。今顾与百官同列,亏君体,损主威,不可为后世法。'疏入,不报。……又奏请皇太后还政,亦不报,遂乞补外,寻出为河中通判。"忤,违逆,触犯。通判,州府副长官。河中府,治所在今山西永济。至日,冬至日。北面,指朝拜。按诸惯例,天子坐北朝南接受百官朝拜,而无与百官同列拜见皇太后、致开"弱人主以强母后"的先例。已:停、止。苏洵于嘉祐六年(1061)以后奉诏修《太常因革礼》,"求之故府,而朝正案牍具在。考其始末,无谏止之事而有已行之明验"。质诸欧阳修,欧公坦言:"文正公实谏而卒不从,墓碑之误也,当以案牍为正耳。"(见苏轼《范文正谏止朝正》)盖富、欧凭传闻致误。还政:皇太后将垂帘听政的决策权交还给皇上。不报:留中,不予答复。这是王室拒谏的惯用伎俩。

⑮ 言事者：指御史一类谏官。希旨：迎合皇上的意向，阿谀逢迎。治：惩治。

⑯ 杨太妃：杨淑妃。章献太后遗命尊杨淑妃代为皇太后，以期争得与皇帝同议国是的名分，旨在保全自己身后免受非议。册命：册封的诰命。

⑰ 郭皇后废：事在明道二年（1033）。时相吕夷简与郭皇后有憾，因有废立之议。十二月"乙卯，废皇后郭氏为净妃、玉京冲妙仙师，居长宁宫。御史中丞孔道辅率谏官、御史，大呼殿门请对，诏宰相告以皇后当废状"（《宋史·仁宗本纪》）。因此，孔道辅贬泰州，范仲淹由右司谏贬睦州（治所在今浙江建德）。徙：迁移。

⑱ 又为《百官图》以献：事在景祐三年（1036）五月。范仲淹当着仁宗和宰相吕夷简的面揭示官吏进用多出宰相私门，并着重指出："官人之法，人主当知其迟速、升降之序，其进退近臣，不宜全委宰相。"为此，"夷简大怒，以仲淹语辨于帝前，且诉仲淹越职言事，荐引朋党，离间君臣。仲淹亦交章对诉，辞愈切，由是降黜"（详参《续资治通鉴长编》卷一一八、作者《与高司谏书》）。饶州：州治在今江西鄱阳。

⑲ 润州：州治在今江苏镇江。越州：州治在今浙江绍兴。

⑳ 赵元昊反河西:宝元元年(1038),西夏元昊称帝。元昊本姓李,宋太祖淳化二年(991)赐其祖父李继迁改姓赵。范仲淹为陕西经略副使事在康定元年(1040)。

㉑ 新失大将:指康定元年正月,元昊攻延州,鄜延副总管刘平、石元孙等兵败被俘。

㉒ 鄜(fū)延:鄜州和延州,时属陕西路,受西夏威胁的边城。扞(hàn):阻挡,抵抗。贼:指西夏。延州:州治在今陕西延安。

㉓ 僭号:元昊称帝后自立年号。以闻:奏报皇帝。甚辩:很巧妙得体,很有说服力。

㉔ 坐擅复书:判罪为擅自回信。坐,判罪。夺一官:降官阶一级。耀州:州治在今陕西耀州。

㉕ 庆州:州治在今甘肃庆阳。

㉖ 四路置帅:庆历元年(1041),分陕西路为秦凤、泾原、环庆、鄜延四路,各置经略安抚使,以抵御西夏。

㉗ 青涧:因有青涧水得名,是当时战略要地。范仲淹用种世衡策,筑城于此,地在今陕西。熟羌:当地羌族居民。下文称之为"蕃"。归业:回来恢复生产。

㉘ 城大顺:在大顺筑城。故城在今甘肃庆阳北一百五十里。

㉙ 细腰、胡芦:故城在今庆阳西北部葫芦湖附近。明珠、灭

臧：都是当地少数部族。

㉚ 自边制五句：《宋史·范仲淹传》："先是诏分边兵，总管领万人，钤辖领五千人，都监领三千人，寇至御之，则官卑者先出。仲淹曰：将不择人，以官为先后，取败之道也。于是大阅州兵，得万八千人，分为六，各将三千人，分部教之，量贼众寡，使更出御贼。"隳（huī），废坏。

㉛ 公之二句：据《渑水燕谈录》卷二载："范文正以龙图阁直学士帅邠、延、泾、庆四郡，威德著闻，夷夏耸服。蕃部率称曰龙图老子，至于元昊亦以此呼之。"

㉜ 柔远：故城在今甘肃华池。

㉝ 版筑：两种筑城墙的工具。版，夹土用的墙版。筑，夯实地基的棒槌。

㉞ 赐赉（lài）：赏赐的金帛之类。

㉟ 诸蕃质子：臣服宋朝的各个部族首领送来作抵押的人质，多为头领的继承人。

㊱ 横山：在今陕西北部、无定河上游，邻近内蒙古，盛产盐铁，是西夏的经济要地。灵武：地名，在今宁夏中部、黄河东岸、山水河中下游。当时是西夏的政治中心。西人：指陕西路的居民。乡兵：宋代禁军、厢军外的一种兵制，招募当

地丁壮就地集结训练，以为防守。黥以为军：凡被招募入伍的士兵，都要在脸上刺字（防其逃亡改业），所以称黥兵。

㊲ 两路：指鄜延路、环庆路。屯兵：驻守边境的正规军。纾：解除。馈輓：运送粮草。

㊳ 德：感激。

㊴ 坐吕公贬：指上文所写景祐三年范仲淹上《百官图》并与吕夷简激烈廷争而获罪被贬事。

㊵ 直公者：为范仲淹鸣冤叫屈的人（如余靖、尹洙等）。

㊶ 及吕公七句：史载康定元年，元昊直犯延州。主帅范雍调兵赴援，于三川口与敌遭遇，大败，二将被俘，宋廷大哗。情急之下，急召吕夷简由大名入朝，复相。吕夷简故作"不念旧恶"的姿态，荐举范仲淹为龙图阁直学士、陕西经略副使，委以平息边尘的重任。范仲淹为防范吕夷简掣肘捣鬼，贻误军机，乃特意写信给吕，表示合力御敌之意。多：称赞。《汉书·灌夫传》："士亦以此多之。"朋党之论：指吕夷简的党羽所散播的范仲淹网罗党羽之类的流言蜚语，"群议"即指此。用之：指宋仁宗任用范仲淹。

㊷ 枢密副使：枢密院的副长官，简称枢副。宋代以枢密院为最高军事机关，掌军国机务、兵防、边备、军马等，出纳机密

命令,与中书分掌军政大权,合称二府。其长官为枢密使,或知枢密院事。

㊸ 参知政事:辅助宰相处理政务,简称参官。

㊹ 必以句:专以实现长治久安的职责要求他。

㊺ 趣:促。

㊻ 避席:离开座位。

㊼ 条列时所宜先者十数事:逐条讲清首先该做的十来件事,即指《答手诏条陈十事》,见《范文正公集》,这是"庆历新政"的纲领性文件。

㊽ 其诏五句:指庆历三年十月至明年五月,宋仁宗根据范仲淹《条陈》分期分批颁发的诏令。磨勘例迁,宋代寄禄官(用以表示品级、俸禄的一种官称)迁转皆有规定的年限,初定为文官五年、武官七年升官一次,后又改为文职三年一迁,武职五年一迁。减任子,宋初制订任子之法,台省六品、诸司五品,历官两任,每次可荐举子孙一人得荫。真宗以后每逢皇帝生日、郊祀又可封荫,于是冗官充斥,政事不举,刻剥不暇,民不聊生。因此范仲淹建议削减。用农桑、考课、守宰,谓以农业生产发展与否,来考核官吏政绩,决定升黜。

㊾ 侥倖之人：指用不正当手段获利的人。腾口：张口放言。

㊿ 外有言：指朝野有攻击新政的言论。佐佑：这里作渲染、夸张解。

(51) 有司：当轴者、专司其职的官吏，实指贾昌朝、陈执中之流。复其故：指废除新政，一切恢复旧法。

(52) 危事：危言耸听的事端，诸如结党、专权、废立等事。中之：中伤他。

(53) 邓州：州治在今河南南阳。

(54) 青州：治所在今山东青州。

(55) 颍州：治所在今安徽阜阳。

(56) 肩舆至徐：用轿子抬到徐州。

(57) 辍朝：皇帝停止临朝听政，以示哀悼。

(58) 遗表：大臣临终上皇帝的表文。无所请：没有提出个人要求。

(59) 不重肉：每餐不同时食用两种肉类荤菜。

(60) 豁如：豁达大度貌。

(61) 其为政二句：范仲淹执政为民，所至卓有政绩，据《宋史》本传载，“为政尚忠厚，所至有恩，邠、庆二州之民与属羌，皆画像立生祠事之。及其卒也，羌酋数百人，哭之如父，斋三日而去"。

⑥ 几息：意谓家世衰微。

⑥ 夏童：对西夏首领的蔑称。跳边：挑起边衅。跳,跳梁。

⑥ 怠安：耽于安乐而懈怠边务。

⑥ 怯勇隳完：使怯懦的士兵变为勇士,废坏的城池修缮坚固。

⑥ 儿怜兽扰：像小孩一样加以抚爱,像野兽一样使之驯化。兽扰,使野兽驯化。《文选·陆机〈文赋〉》:"或虎变而兽扰。"李善注引应劭曰:"扰,驯也。"

⑥ 初匪二句：谓事情的困难不在开始而在最后完成。《诗·大雅·荡》:"靡不有初,鲜克有终。"匪,同"非"。

⑥ 营营：象声词。《诗·小雅·青蝇》:"营营青蝇,止于樊。"朱熹《集传》:"营营,往来飞声,乱人听也。"这里指谗言喋喋不休。卒坏于成：指新政功败垂成。

⑥ 匪恶二句：意谓谗害者不止憎恶新政的成效,而尤重于陷害、扳倒范仲淹本人。

⑦ 惟百二句：意谓范仲淹一生的事迹,可以劝勉百官不要怠忽国是。有位：在位的官员。

皇祐四年(1052)五月,范仲淹病殁于由青州移知颖州赴任途中——徐州。作者与范仲淹彼此相知、交谊极深,更有共患难、同进退的经历。由欧阳修来撰写神道碑无疑是最合适的人选。范氏家属以铭见托自在情理之中。其时,作者正守制家居,哀苦中无心绪作文字,但"义所难辞"。面对反对新政者已卷土重来把持朝政,党议余波未平的严峻形势,碑文称述范仲淹的德、才,务必慎之又慎,准确无讹。于是,作者确定了"须要稳当"(《与孙威敏公(沔)书》二)的写作准则。所谓"稳当"者,就是客观公正,无懈可击。既要"辨谗谤,判忠邪",又要"上不损朝廷事体,下不避怨仇侧目",同时也要取得范氏亲属的认同。为此,作者煞费苦心,字斟句酌,还请碑主生前挚友富弼、韩琦等补正差误,前后整整琢磨了十五个月以上,直到至和元年(1054)才定稿。可是神道碑写成后,富弼却对其深致不满。在他看来,作文"必当明白其词,善恶焕然,使为恶者知戒,为善者知劝,是亦文章之用也"。并认为运用春秋笔法,结果导致"作文字无所发明,但依违模棱而已"。甚至还指责"执笔者但求自便,不与之表显,诚罪人也"(《与欧阳修书》）。毋庸讳言，本文与富弼所撰墓志铭相比，在文章风格上确有明显的差异。富弼力求"直书不隐"，与传主遵循"须要稳当"者有别。其实，尽管它们一隐一显，写法不同，详略不齐，却可互为补充，相得益彰。不必厚此薄彼，乃至敝帚自珍，是此非彼。为此，欧阳修昭示徐无党转告富弼："如必要换，则请他别命人作尔。"（《与渑池徐宰书》四）平心而论，神道碑比之墓志铭更为周至耐读。全文通共一千四百多字，就把范公一生出处大节概述殆尽。尤其是特意补叙的范仲淹与吕夷简相约勠力平贼一节，乍看起来，仿佛廉蔺交欢，薰莸不分，雍容和婉，平实无华，其实中含无穷转折，微而显，曲而达，柔中寓刚，绵里藏针，严于斧钺。细味文意，不难看出范仲淹胸襟开阔，不卑不亢，以国是为重，不计前嫌，是位坦荡君子；而吕夷简则是心术歹毒、口蜜腹剑、时以党论欺君惑众、祸国殃民的阴鸷之徒。短短数行，即为读者提供了运用春秋笔法撰写碑志的范例。这种写法和苦心可惜未被富弼认同，更没有得到范氏家属的理解接受，他们居然在刻石时擅自改窜，削落了"交欢"

一节。对此，欧公怫然曰："此事所目击，公等少年，何从知之！"并郑重声明碑刻"非吾文也"（参见叶梦得《避暑录话》卷七）。又在《与杜䜣论祁公墓志书》二中写道："范公家神刻，为其子擅自增损，不免更作文字发明，欲后世以家集为信，续得录呈。尹氏子卒，请韩太尉别为墓表。以此见朋友、门生、故吏，与孝子用心常异，修岂负知己者！"也就无怪乎连带引起梅尧臣的不满，写了首《诮鸟》诗讥评道："养子颇似父，又贪噪豺狼。为鸟鸟不伏，兽肯为尔戕。莫如且敛翮，休用苦不量。吉凶岂自了，人事亦交相。"

送徐无党南归序①

草木鸟兽之为物，众人之为人，其为生虽异，而为死则同，一归于腐坏、澌尽、泯灭而已②。而众人之中有圣贤者，固亦生且死于其间，而独异于草木鸟兽众人者，虽死而不朽，逾远而弥存也。其所以为圣贤者，修之于身，施之于事，见之于言，是三者所以能不朽而存也③。修于身者，无所不获；施于事者，有得有不得焉；其见于言者，则又有能有不能也④。施于事矣，不见于言可也。自《诗》、《书》、《史记》所传，其人岂必皆能言之士哉？修于身矣，而不施于事，不见于言，亦可也。孔子弟子有能政事者矣，有能言语者矣⑤。若颜回者，在陋巷，曲肱饥卧而已，其群居则默然终日如愚人⑥。然自当时群弟子皆推尊之，以为不敢望而及⑦，而后世更百千岁，亦未有能及之者。其不朽而存者，固不待施于事，况于言乎？

予读班固《艺文志》、唐《四库书目》，见其所列，自三代、秦、汉以来⑧，著书之士多者至百余篇，少者犹三四十篇，其人不可胜数，而散亡磨灭，百不一二存焉。予窃悲其人，文章丽矣，言语工矣，无异草木荣华之飘风，鸟兽好音之过耳也⑨。方其用心与力之劳，亦何异众人之汲汲营营⑩？而忽焉以死者，虽有迟有速，而卒与三者同归于泯灭⑪。夫言之不可恃也盖如此。今之学者，莫不慕古圣贤之不朽，而勤一世以尽心于文字间者，皆可悲也⑫。

东阳徐生，少从予学，为文章，稍稍见称于人。既去，而与群士试于礼部，得高第⑬，由是知名。其文辞日进，如水涌而山出。予欲摧其盛气而勉其思也，故于其归，告以是言⑭。然予固亦喜为文辞者，亦因以自警焉⑮。

① 徐无党：婺州东阳永康（今属浙江）人。曾从欧阳修学古文辞，并为欧阳修《新五代史》作注。南归：皇祐五年（1053）三月，徐无党中进士，明年，还婺州。婺州位于京师开封之南，因称"南归"。序：赠序，相当于临别赠言。

② 澌尽、泯灭：荡涤净尽。

③ 是三者句：《左传》襄公二十四年："太上有立德，其次有立功，其次有立言，虽久不废，此之谓不朽。"

④ 修于六句：意谓修身（即立德）是个人的事，只要身体力行，

必有收获;施事(即立功)是社会的事,成败与否不尽取决于个人。正如《范公神道碑》所说,"为之自我者当如是,其成与否有不在我者,虽圣贤不能必"。至于立言则因人而异,有能,有不能。

⑤ 孔子二句:语本《史记·仲尼弟子列传》:"孔子曰:受业身通者七十有七人,皆异能之士也。德行:颜渊、闵子骞、冉伯牛、仲弓。政事:冉有、季路。言语:宰我、子贡。文学:子游,子夏。"

⑥ 若颜回四句:颜回,即颜渊。语本《史记·仲尼弟子列传》:"孔子曰:贤哉回也,一箪食,一瓢饮,在陋巷,人不堪其忧,回也不改其乐。"肱(gōng),臂。《论语·述而》:"饭疏食饮水,曲肱而枕之,乐亦在其中矣。"

⑦ 然自二句:语本《论语·公冶长》:"子谓子贡曰:'汝与回也,孰愈?'对曰:'赐也何敢望回! 回也闻一知十,赐也闻一知二。'"

⑧ 《艺文志》:指《汉书·艺文志》。唐《四库书目》:唐玄宗在长安、洛阳各建书库,分经、史、子、集四库,以甲、乙、丙、丁为次。三代:指夏、商、周。

⑨ 予窃悲五句:意谓自三代以来著书之士尽心于文字,写的

文章虽然工丽,但大多与草木鸟兽一样,或随风飘散,或过耳即逝。荣华,草木茂盛、开花。

⑩ 汲汲营营:匆促往来貌。

⑪ 三者:指草木、鸟兽、众人。

⑫ 今之学者:泛指当今的士子、读书人。

⑬ 高第:名列前茅。

⑭ 摧其盛气:抑制他的骄傲自得之气。

⑮ 自警:自我警惕、勉励。

这篇赠序旨在告诫徐无党不要因为中了高第,从此踌躇满志,止步不前,而要处理好道与文的关系。于是先端出立德、立功、立言"三不朽",作为劝勉的目标。对于刚考取进士而尚未步入仕途的后生来说,立功就是"施之于事",还为时过早,何况立功与否不尽取决于主观,还得视客观情况来看"能"与"不能"。因此姑置勿论。本文的重点是论述立德与立言,也就是道与文的关系。作者先指出圣贤之所以"独异于草木鸟兽众人者,修之于身,施之于事,见之于言,是三者所以能不朽而存也"。三代以还"著书之士"多到"不可胜数",而所作"百不一二存焉"。虽然"文章丽矣,言语工矣",结果或迟或早"与三者同归于泯灭"。文章从正反两方面比较中显现出立德,也就是修身、重道至关重要。接着又以颜回为例,说他身居"陋巷,曲肱饥卧而已,其群居则默然终日如愚人",然而无论在当时还是千百年后,世人都"推尊之,以为不敢望而及"。由此看来,"其不朽而存者,固不待施于事,况于言乎",进一步强化了立德、重道的首要地位。可见道为文之本。"勤一世以尽心于文字间者,皆可悲也",成了由此推绎出的必然结论。在欧阳修看来,"道胜者文不难而自至",道终究代替不了文。之所以强调道为文之本,只不过是强调文人不能舍本逐末,溺于文而轻于道。而欧阳修所谓道,并非局限于传统的儒道,而是"切于事实",关心"百事",这又与韩愈、柳开、石介的有关见解有明显区别。

　　本文深得古代文章家的推重。其奥妙在于通篇劝勉修身,不曾一字实说,全在言外得之。至其文情高旷卓越,那是欧文固有的特长。

五、官高责愈重，禄厚足忧患（1054—1067）

至和元年（1054）五月，欧阳修除了孝服，来到京师。仁宗见到这位阔别十年的旧臣满头白发，不禁为之恻然，问他：在外几年，现今年纪多大？经过十年风雨，仁宗对官场比以前了解得清楚多了。大凡做小官时，敢说敢做；名位一高，顾忌就多。像欧阳修那样的诤臣实在不可多得，于是一下就委以吏部流内铨之职。这个官职品位不高，可权力不小，专管九品以上官吏的选调职能，事关朝廷用人全局。欧阳修也不负圣望，刚上任就递呈了旨在为孤寒之士排除入仕障碍的《论权贵子弟冲选人札子》，指出"近年选人倍多，员阙常少"，寒贫之士"得替住京，动经年岁"。好容易补得一缺，又"多被权贵之家将子弟亲戚陈乞,便行冲改"。已注授的,且令待阙;才到职的,即被对移。权贵子弟只图自己利便,全不问孤寒方便与否。针对这种现象,他吁请朝廷对其严加控制。这个建议很快就被采纳,但同时也招致满朝权贵们的不满。那些平素忌恨欧阳修的群小唯恐他从此平步青云,于是伪造了清汰内臣的奏章,内外传布,一时闹得满城风雨。判铨才六天,又碰上选人胡宗尧改官案。宗尧前此任常州推官,知州以官舟借人,因受牵连。及引对,作者奏宗尧所坐薄,且更赦去官,于法当迁。"上欣然令改官"(《欧阳公墓志铭》)。欧阳修秉公办案,无懈可击。但宦官杨永德诬称宗尧是翰林学士胡宿之子,欧阳修徇私袒护,侵犯了人主的权力,以此动摇了仁宗对欧阳修的信任。仁宗正准备将他外补知同州,幸有吏部南曹吴充和知谏院范镇为之辨诬、力谏,仁宗才回心转意。这时参知政事刘沆正奉召调整充实《唐书》编纂人员,欧阳修才被留京,任翰林学士兼史馆修撰,勾当三班院,负责对东西头供奉官等武臣的考课及拟定差遣事务。从此,欧阳修由一个被谗贬窜的罪臣一跃为侍值禁廷、备问左右的要员，能参与谋划、议论时政、品评宰执，在事实和心理上形成了对宰相的牵制和监督。就在此时，朝廷内外就陈执中该不该罢黜，掀起了旷日持久的轩然大波。风波由陈执中嬖妾阿张箠挞女奴致死而起。"铁面御史"赵抃十次上章抨弹陈执中。随后，权御史中丞孙抃也五次上章论陈执中宜行降责。可仁宗非但不睬，反以为"台谏官不识体，好言人私事"，更下诏指称"尸言责者，或失于至当"。当此之际，"职在论思"的翰林学士欧阳修挺身而出，递呈《论台谏官言事未蒙听允书》，犯颜直谏，指出陈执中之所以不知廉耻，敢于复出视事，全由仁宗"好疑自用而自损"所致，吁请"廓然回心，释去疑虑"，"别用贤材，以康时务，以拯斯民，以全圣德"。仁宗终于决定将陈执中罢为镇海节度使、同平章事、判亳州。明年，改左仆射、观文殿大学士、知亳州。其时，恰好作者在翰林当值，草拟改官制诰。欧阳修深知宋仁宗慑于众怒难犯，才忍痛割爱，作出如此裁决。于是找出"杜门却扫，善避权势以远嫌；处事执心，不为毁誉而更守"四句套话来交差。陈执中见制大喜,甚至以"恨不早识此人"为憾。其实"杜门却扫",实指其畏罪家居,不敢出,而"处事执心",实指其专断独行,同列无敢抗者。作者用智称快之际,不免心有余悸,于是再次自请补外。宋仁宗也顺水推舟,命欧阳修为翰林侍读学士、集贤殿修撰,出知蔡州。又是赵抃提出驳议,上《乞勿令欧阳修等去职状》;右正言、知制诰刘敞递呈《论邪正疏》,才让仁宗收回成命,复除欧阳修为翰林学士、判太常寺兼礼仪事,迁右谏议大夫。其时,富弼初入相、张昇任右谏议大夫、权御史中丞,朝野翕然相庆,以为"三得人"。

至和二年(1055)八月,欧阳修以翰林学士、右谏议大夫充贺登位国信使,持御容并贺契丹新主登位使辽,因名重,受到超出常例的隆重接待。他在差遣途中加深了对边民疾苦的了解,在《边户》诗里对宋廷买静求安作了委婉的讽刺。

明年二月回京,王安石登门拜访,作者对其恃才傲物姗姗来迟毫不介意,倒屣出迎,还写了《赠王介甫》诗,将他与李白、韩愈相提并论。出于"天下之治必与众贤共之"的深谋远虑，这年七月，雨水为灾，遍及远方近畿，作者寓所也为水所淹，但他仍利用仁宗下诏许中外臣僚"悉心以陈，无有所讳"的机会，在《再论水灾状》里一举推荐了包拯、吕公著、王安石等人，称他们为"难得之士"，吁请皇上"更广询探，亟加进擢，置之左右，必有裨补"。

嘉祐二年（1057）正月，欧阳修权知礼部贡举。为消弭科场弊端，为大批寒士创造平等竞争的环境，亲自撰写了《条约举人怀挟文字札子》，吁请朝廷"峻立科条，明加约束"。经过治理整顿，科场秩序大为改观。作者《礼部贡院阅进士就试》诗云："无哗战士衔枚勇，下笔春蚕食叶声。"正是整个考场庄重肃穆的如实写照。与欧阳修一起任主考的有韩绛、王珪、范镇和梅挚。他们一起推举梅尧臣为参详官。由于石介的误导，险怪奇涩的"太学体"当时风靡天下，统治场屋长达十四年之久。欧阳修决意抓住这次主持贡举的机会，力纠其弊，廓清影响。于是一些以怪僻知名而位居高第者，皆被黜落几尽。而一举高中、榜上题名的有曾巩、苏轼、苏辙等人,可谓盛极一时。由于考场纪律严明,排除了以往通榜、请托、挟书、代笔、传义之类的歪风邪气,试官们秉公评阅试卷,体现了公平竞争的原则。

嘉祐贡举得人之盛,为史所称。以此为始,策论在科场中的位置得到空前提高,潜心研习治乱之术,蔚然成风。

两年后,作者任殿试详定官,再次自誓:"除恶务力,今必痛斥轻薄子,以除文章之害。"(《梦溪笔记》卷九)经过五六年的摧陷廓清,欧阳修为北宋诗文革新扫清了道路。影响所及,连当年落榜太学生刘几两年后写出的文章,也因文意明达而受到欧阳修的称赏,亲自擢为殿元。这是后话了。

在把苏氏兄弟擢居高第前后,欧阳修还不遗余力地力荐布衣苏洵,在京师引起了轰动效应。

与此同时,欧阳修撰写了研究《诗经》的专著《诗本义》(一名《毛诗本义》),于嘉祐四年(1059)成书。嘉祐五年,他先后递呈《论茶法奏状》和《论均税札子》,就调整政策、改进措施以平息事态、安定人心提出了积极的建议。其时，宰相富弼和韩琦的矛盾日见加深，政务扯皮成风。作者爱莫能助，心灰意冷，于是便以营葺老茔、俾养衰残为由，再三要求外任，出知洪州（今江西南昌）。当轴者心知其意，但为免引出风波，虚与周旋，作者对此也了然于心。正是在这样的政治背景下，他写了《秋声赋》、《明妃曲和王介甫作》与《再和明妃曲》，百感交集，发于吟咏，寄意遥深。

嘉祐五年（1060）初夏，京师流行病蔓延，梅尧臣感染时疫，溘然长逝。作者有《哭圣俞》长诗，记述他俩平生交往，也倾吐了三十年间诗友凋零略尽和自己推贤进士无能为力的伤感。全诗句句押韵，以下平声十八尤一韵到底，新颖别致，是他的又一首力作。同时，他又写了《祭梅圣俞文》和《梅圣俞墓志铭》，记叙死者感染时疫致死、引起京城人士关切、悼念的动人情景，倾注了自己对挚友的一腔悲愤。之后又为梅尧臣搜集遗稿，编纂成集，并将诗集序增补定稿。

早在庆历五年（1045）五月下诏开局新修《唐书》，至这年七月大功告成，首尾时间长达十七年之久。期间人事迭经更易,而专心致志主持其事者是宋祁和欧阳修。书中列传全出宋祁之手,而纪、志两大部分,则由欧阳修执笔。其他参与者还有范镇、王畴、宋敏求、吕夏卿、刘羲叟等人。按诸惯例,"惟列官最高者一人"署名,这样就非欧阳修莫属。但欧阳修坚持谦让,才破例由两人联署,这在二十四史中是绝无仅有的。由此可见其谦恭待人,不掠人之美,一时被传为佳话。

这年秋冬之际,中枢人事作了大调整。除富弼、韩琦依旧分任宰相、枢密使外,以曾公亮取代宋庠为枢密使,九月欧阳修兼翰林院侍读学士,两个月后又与陈旭(升之)、赵概一起拜枢密副使,同修枢密院《时政记》。未及一年,富弼因母丧去位,由韩琦接替。欧阳修也转参知政事,同修《中书时政记》,进封开国公。英宗即位,覃恩转户部侍郎、进阶金紫光禄大夫;治平元年(1064)闰五月,特转吏部侍郎。明年,进阶光禄大夫(正三品文职阶官)加上柱国(勋官十二级中的最高者)。治平四年,神宗继统,覃恩转尚书左丞依前参知政事,进封特进(从一品,仅次于三公)。七、八年间,选登二府，参赞军机，协理朝政。这是他一生政治生涯中的鼎盛时期。不过，他却是"位望愈隆心愈静"（《观鱼轩》）。心志凋零，形骸朽悴，已非少壮时一身锐气可比。尽管如此，他仍一如既往地以国家社稷为重，参预决策，守正不阿，保持着公忠谋国的政治家风采。就其荦荦大者而言，在《论台谏官唐介等宜早牵复札子》中，凭借其二十年来的从政经验和理性思考，从理论上提出了辨析忠邪的准则和言官的职责，对强化监督机制有着重要的参照价值。他还曾和韩琦一起力谏仁宗建储；英宗继统后，又与韩琦勠力弥合两宫、排除隐患，稳定朝局。

不过，由于富弼和韩琦之间裂痕日深和内廷人际关系日趋复杂，作者身不由己地被裹挟了进去。出于退避的考虑，加上对高官厚禄也不感兴趣，他累章乞求外补。治平二年又遽得消渴之症（糖尿病），越发强化了急流勇退的意念。因此渴求尽早解官回归颍州，成了欧阳修晚年诗文创作的主旋律，《夜宿中书东阁》、《下直》是其代表；而治平四年所作《归田录序》，更直言不讳地宣泄了长期蓄积于心的痛苦，道出了一再上表求退的原因。

边　户

　　家世为边户^①，年年常备胡^②。儿童习鞍马，妇女能弯弧。胡尘朝夕起，虏骑蔑如无^③。邂逅辄相射，杀伤两常俱^④。自从澶州盟，南北结欢娱^⑤。虽云免战斗，两地供赋租^⑥。将吏戒生事，庙堂为远图。身居界河上，不敢界河渔^⑦。

① 边户：指宋与契丹边境上宋境内的居民。

② 备胡：防御外族进扰。胡，此指女真族。

③ 胡尘二句：意谓契丹（辽）经常越境侵扰，如入无人之境。蔑，蔑视。

④ 两常俱：双方都有。

⑤ 澶州盟：即"澶渊之盟"。景德元年（1004），契丹大举南下，绕越河北诸城，悬师深入宋境。宰相寇准力排众议，劝谏真宗御驾亲征。真宗急于求和，于澶州与契丹订立盟约，宋岁输辽银十万两、绢二十万匹，真宗与辽圣宗结为兄

弟，尊辽萧太后为叔母。

⑥ 两地：犹双方，指宋与辽。

⑦ 将吏四句：意谓宋廷上下习于苟且偷安，害得边民在界河上连捕鱼都不敢。庙堂：指朝廷。为远图：实为习于苟且偷安，免得为辽进犯提供藉口。渔：捕鱼。

　　至和二年（1065）八月，欧阳修以翰林学士、右谏议大夫充贺登位国信使，持御容并贺契丹新主登位，出使辽国。差遣途中，进一步加深了对边民疾苦的了解。诗用边民的口吻诉说澶渊之盟留下的苦果，对宋王朝买静求安作了委婉的嘲讽。

朝　中　措

　　平山栏槛倚晴空①，山色有无中②。手种堂前垂柳，别来几度春风③。　　文章太守，挥毫万字，一饮千钟④。行乐直须年少，尊前看取衰翁⑤。

① 平山：平山堂。因"远山来与此堂平"得名。堂高踞扬州西
　　北隅蜀冈之上，为庆历八年（1048）欧阳修知扬州时所建。

② 山色句：宋陆游《老学庵笔记》卷六："'水流天地外，山色
　　有无中。'王维诗也。权德舆《晚渡扬子江》诗云：'远岫有
　　无中，片帆烟水上。'已是用维语。欧阳公长短句云：'平山
　　栏槛倚晴空，山色有无中。'诗人至是盖是三用矣。然公但
　　以此句施于平山堂为宜，初不自谓工也。东坡先生乃云：
　　'记取醉翁语，山色有无中。'则似谓欧阳公创为此句，
　　何哉？"

③ 手种二句：宋张邦基《墨庄漫录》卷二："扬州蜀冈山大明
　　寺平山堂前，欧阳文忠公手植柳一株，谓之欧公柳。公词
　　所谓'手植堂前杨柳，别来几度春风'者。薛嗣昌作守，相
　　对亦种一株，自榜曰'薛公柳'，人莫不嗤之。嗣宗既去，为
　　人伐之，不度德有如此者。"

④ 文章三句：称扬新任知州刘敞诗酒风流。刘敞，字原父，至
　　和三年（1056）闰三月知扬州。太守：宋代知州与汉代太守
　　相当，故称。这里指刘敞。挥毫万字，极言其才思敏捷。

⑤ 衰翁：作者自指。

本词是其在京判太常寺兼礼仪事时作,以此赠与出守扬州的好友刘敞。

此词上片主要抒写对旧日宦游之地的深情眷念。下片感慨今昔,回到送别题旨。前人或以"山色有无中"为语病,以为这是由于作者短视所致。其实是以王维现成诗句入词,自然而又贴切。自然一睹如此朦胧景象,"晴空"是必不可少的前提。如身历其境,远眺江南诸山层叠,远近不同,山色自有深浅之别,写得有层次、分寸。结末"行乐直须年少,尊前看取衰翁",于调侃中寄寓人生感慨,耐人品味。

平山堂是古城扬州不可多得的历史文化遗存。而本词流传人口,也为值得珍惜的人文景观增添了亮色。

再和明妃曲①

汉宫有佳人,天子初未识。一朝随汉使,远嫁单于国。绝色天下无,一失难再得。虽能杀画工,于事竟何益②。耳目所及尚如此,万里安能制夷狄③！汉计诚已拙，女色难自夸④。
明妃去时泪，洒向枝上花。狂风日暮起，飘泊
落谁家。红颜胜人多薄命⑤，莫怨春风当自嗟。

① 再和明妃曲：嘉祐四年（1059），王安石作《明妃曲》二首，
　　一时和者甚众。梅尧臣、刘敞、司马光与作者均有和作。
　　明妃即王昭君，名嫱，南郡秭归人，汉元帝宫女，竟宁元年
　　（前33）汉与匈奴和亲。昭君远嫁呼韩邪单于。至晋，因避
　　司马昭讳，改称明妃或明君。

② 汉宫八句：《西京杂记》卷二："元帝后宫既多，不得常见，
　　乃使画工图形，案图召幸之。诸宫人皆赂画工，多者十万，
　　少者亦不减五万。独王嫱不肯，遂不得见。后匈奴入朝，
　　求美人为阏氏（匈奴君主正妻）。于是上案图以昭君行。
　　及去，召见，貌为后宫第一，善应对，举止娴雅。帝悔之，而
　　名籍已定。帝重信于外国，故不复更人，乃穷案其事，画工
　　皆弃市。籍其家，资皆巨万。画工有杜陵毛延寿，为人形，
　　丑好老少，必得其真；安陵陈敞，新丰刘白、龚宽……人形
　　好丑，不逮延寿；……同工弃市，京师名画工，于是差稀。"
　　单于国，指匈奴。单（chán）于，匈奴君主的称号。

③ 夷狄：指进犯内地的少数民族。

④ 汉计二句：梅尧臣《和介甫明妃曲》亦有"明妃命薄汉计
　拙，凭仗丹青死误人"之句。

⑤ 红颜：指妇女的美貌。

　　《石林诗话》卷中载："前辈诗文，各有平生自得意
处，不过数篇，然他人未必能尽知也。毗陵正素处士张
子厚善书，余尝于其家见欧阳文忠子棐以乌丝栏绢一
轴，求子厚书文忠《明妃曲》两篇、《庐山高》一篇，略云：
先公平日，未尝矜大所为文，一日被酒，语棐曰：
'吾……《明妃曲》后篇，太白不能为，惟杜子美能
之；……'因欲别录此三篇也。"看来，本篇与《庐山高》
一样，是其得意之作。曹雪芹在《红楼梦》六十四回曾
借薛宝钗之口对这首诗作过这样的评论："做诗不论何
题，只要善翻古人之意；若要随人脚踪走去，纵使字句精
工，已落第二义，究竟算不得好诗。即如前人所咏王昭
君之诗甚多，有悲挽昭君的，有怨恨延寿的，又有讥汉帝
不能使画工图貌贤臣而画美人的，纷纷不一。后来王荆

公复有'意态由来画不成,当时枉杀毛延寿',永叔有
'耳目所见尚如此,万里安能制夷狄'。二诗俱能各出
己见,不与人同。"这一席话恰好道破了本诗不同凡响
之处。诗中借用有关昭君出塞的故事,机杼独运,翻出
新意,直斥汉元帝"虽能杀画工,于事竟何益!耳目所
见尚如此,万里安能制夷狄!"作为一国之主一旦受人
蒙蔽,任人摆布,必将噬脐莫及!"耳目"二句为全诗警
策,宋人钱晋斋说它"切中膏肓"(《诗林广记》引),至
今仍传诵人口。言汉实是言宋。个中寓意,昭然若揭,
岂但同情红颜薄命而已哉?

　　本篇以文为诗,长于议论而不乏文采。清方东树
《昭昧詹言》卷一二评《明妃曲》云:"此等题各人有寄
托,借题立论而已。……六一则言天下至妙,非悠悠者
能知,以自喻其怀,非俗众可知。"此言耐人玩索。

秋　声　赋

　　欧阳子方夜读书,闻有声自西南来者,悚

然而听之①,曰:"异哉!"初淅沥以萧飒,忽奔腾而砰湃,如波涛夜惊,风雨骤至。其触于物也,枞枞铮铮,金铁皆鸣。又如赴敌之兵,衔枚疾走,不闻号令,但闻人马之行声②。余谓童子:"此何声也?汝出视之。"童子曰:"星月皎洁,明河在天,四无人声,声在树间。"

余曰:"噫嘻,悲哉! 此秋声也。胡为而来哉? 盖夫秋之为状也,其色惨淡,烟霏云敛;其容清明,天高日晶;其气栗冽,砭人肌骨;其意萧条,山川寂寥。故其为声也,凄凄切切,呼号愤发③。丰草绿缛而争茂,佳木葱茏而可悦,草拂之而色变,木遭之而叶脱④。其所以摧败零落者,乃其一气之馀烈⑤。夫秋,刑官也,于时为阴;又兵象也,于行用金⑥。是谓天地之义气,常以肃杀而为心⑦。天之于物,春生秋实。故其在乐也,商声主西方之音,夷则为七月之律⑧。商,伤也,物既老而悲伤;夷,戮也,物过盛而当杀⑨。"

　　"嗟乎！草木无情，有时飘零。人为动物，惟物之灵，百忧感其心，万事劳其形，有动于中，必摇其精⑩。而况思其力之所不及，忧其智之所不能，宜其渥然丹者为槁木，黟然黑者为星星⑪。奈何以非金石之质，欲与草木而争荣？念谁为之戕贼，亦何恨乎秋声⑫！"

　　童子莫对，垂头而睡。但闻四壁虫声唧唧，如助余之叹息。

① 欧阳子：作者自称。西南：《太平御览》卷九引《易纬》："立秋，凉风至。"注："西南方风。"悚（sǒng）然：惊惧貌。

② 淅沥：细雨声。这里与"萧飒"同形容风声。以：而。砰湃（pēng pài）：同"澎湃"，波涛声，这里形容风声。纵纵（cōng cōng）铮铮：金属相互撞击声。金铁：金戈铁马的略语，极言其声响之大。衔枚：古代秘密行军时让士兵口中衔枚，以免说话发声。枚，木制小棍，状若筷子。

③ 烟霏云敛：轻烟飘散，云雾消失。日晶：日光明亮，耀人眼

目。栗冽：即凛冽，寒冷。砭(biān)：刺。愤发：奋发，强劲。

④ 草拂二句：两个"之"，都代指秋气。

⑤ 馀烈：剩馀的威力。

⑥ 夫秋五句：《周礼》将官职按天、地、春、夏、秋、冬分为六类。因秋有肃杀之气，所以把职掌刑法、狱讼的刑官分属于秋。处决犯人也安排在秋天执行。古人将阴阳配合四季，把春夏分属于阳，秋冬分属于阴。《汉书·律历志》："春为阳中，万物以生；秋为阴中，万物以成。"时，一年四季。兵象：古代秋季练兵。《汉书·刑法志》："秋治兵以狝。"颜师古注："治兵，观威武也。狝，应杀气也。"行：指金、木、水、火、土五行。旧说秋属于金。用金：古人认为秋是金起作用的时候。《汉书·五行志》："金，西方，万物既成，杀气之始也。"

⑦ 是谓二句：《礼记·乡饮酒义》："天地严凝之气，始于西南，而盛于西北，此天地之尊严气也，此天地之义气也。"孔颖达疏："西南，象秋始。"古人以秋天为决狱讼，征不义、诛暴慢的时节，所以张扬"义"之重要，"赏有义而罚不义"，有励"武人"之意。义，是五行（仁、义、礼、智、信）之一。（见

《荀子·非十二子》杨倞注）

⑧ 天之五句：按我国传统乐理，乐分宫、商、角、徵（zhǐ）、羽五音。《礼记·月令》："孟秋之月，其音商，律中夷则。"五音中的商、四方中的西方，均属五行中的"金"。乐又分十二律，每律分属一月。《史记·律书》："七月也，律中夷则。夷则，言阴气之贼万物也。"张守节《正义》引《白虎通》："夷，伤也；则，法也。言万物始伤，被刑法也。"（《太平御览》卷二四引《释名》本此）这些都是古人附会的说法。

⑨ 杀：削减。

⑩ 精：精神。《庄子·在宥》："必静必清，无劳汝形，无摇汝精，乃可以长生。"作者《赠学者》诗云："人禀天地气，乃物中最灵。性虽有五常，不学无由明。……学既积于心，犹木之敷荣。根本既坚好，菶郁其干茎。"

⑪ 宜其二句：意谓必然使他红润的容貌变得憔悴枯槁，鬓发由黑变成花白。渥然丹者，《诗·秦风·终南》："颜如渥丹。"渥（wò），润泽。丹，红色。黝（yǒu），黑。星星，形容须发花白。左思《白发赋》："星星白发，生于鬓垂。"

⑫ 金石：指刚强的体质。戕贼：摧残。亦何恨乎秋声：意谓人的衰颓是忧思折磨所致，怎能怨恨秋声的悲凉呢！

这篇赋是嘉祐四年（1059）二月作者辞去权知开封府，转给事中，同提举在京诸司库务，移居城南后所作。他在给赵槩的信里写道："某昨衰病屡陈，蒙恩许解府事，虽江西之请未获素心，而疲惫得以少休，岂胜感幸。卜居城南，粗亦自便。"（《与赵康靖公》三）其时，作者的心态在赋中自有若隐若现的流露。

本赋向以绘声绘色"状其难状之景，如在目前"见称。秋声，原本无形。而在作者笔下先虚后实，由小变大，极写秋声之大真如狂风怒涛，令人肃然而恐。最后以"虫声唧唧"收煞，虫声细小，又如嫠妇夜泣，令人愀然而悲。一个"声"字分作两番笔墨，便是两番神境。秋声本无可写，作者却借其色、容、气、意四层，写得形色宛然，又简峭、又精练，有径直、有波折，不愧为写风声的行家里手。又于篇中感慨处带出警悟，"嗟乎，草木无情，有时飘零"一段，含蕴着作者饱经沧桑后对现实人生的深切感受。"百忧感其心，万事劳其形"、"思其力之所不及，忧其智之所不能"云云，不正是其迫于现实矛盾的困扰而陷入无由摆脱的极端苦闷的自我写照吗？

"念谁为之戕贼,亦何恨乎秋声",更是关切题旨,发自内心的感叹。

本赋既保留了排比铺陈、词采丰赡、字句严整、设为问答的古赋格局,又写得灵动活脱、潇洒自然,略无板重堆砌之弊。它打破了六朝以迄宋初骈赋、律赋的模式,吸纳韩、柳散文的优长,将诗文革新的精神带进了辞赋的领域。这一突破性的开拓创新,直接启发了苏轼前后《赤壁赋》的创作。

赋在《欧集》中所占比重极小,这篇赋在宋代文赋中却是颇具特色的神品。

相州昼锦堂记①

仕宦而至将相,富贵而归故乡,此人情之所荣,而今昔之所同也。盖士方穷时,困厄闾里,庸人孺子皆得易而侮之②,若季子不礼于其嫂,买臣见弃于其妻。一旦高车驷马,旗旄导前而骑卒拥后,夹道之人相与骈肩累迹,瞻望咨嗟，而所谓庸夫愚妇者，奔走骇汗，羞愧俯伏，以自悔罪于车尘马足之间。此一介之士得志当时，而意气之盛，昔人比之衣锦之荣者也[3]。

惟大丞相魏国公则不然。公，相人也。世有令德，为时名卿[4]。自公少时，已擢高科，登显仕，海内之士闻下风而望馀光者[5]，盖亦有年矣。所谓将相而富贵，皆公所宜素有，非如穷厄之人侥幸得志于一时，出于庸夫愚妇之不意，以惊骇而夸耀之也。然则高牙大纛不足为公荣，桓圭衮冕不足为公贵[6]。惟德被生民而功施社稷，勒之金石，播之声诗[7]，以耀后世而垂无穷，此公之志而士亦以此望于公也。岂止夸一时而荣一乡哉。

公在至和中，尝以武康之节来治于相，乃作昼锦之堂于后圃。既又刻诗于石，以遗相人。其言以快恩雠、矜名誉为可薄，盖不以昔人所夸者为荣，而以为戒[8]。于此见公之视富

223

贵为何如,而其志岂易量哉!故能出入将相,勤劳王家,而夷险一节⑨。至于临大事,决大议,垂绅正笏,不动声气,而措天下于泰山之安,可谓社稷之臣矣⑩。其丰功盛烈,所以铭彝鼎而被弦歌者,乃邦家之光⑪,非闾里之荣也。

余虽不获登公之堂,幸尝窃诵公之诗,乐公之志有成,而喜为天下道也,于是乎书。尚书吏部侍郎、参知政事欧阳修记。

① 相州:今河南安阳。昼锦堂:仁宗至和二年(1055),韩琦因病自请由并州武康军节度使改知相州后,在州署后园中建造。《汉书·项籍传》:"富贵不归故乡,如衣锦夜行。"此反其意而名之"昼锦堂"。

② 闾里:民间,乡里。易:轻视。

③ 季子:苏秦字。《战国策·秦策一》:苏秦出游数年,去秦而归,状有愧色,"归至家,妻不下纴,嫂不为炊,父母不与言"。得志后,"路过洛阳,父母闻之,清宫除道,张乐设饮,郊迎三十里。妻侧目而视,侧耳而听;嫂蛇行匍匐,四拜自

跪而谢。苏秦曰:'嫂,何前倨而后卑也?'嫂曰:'以季子位尊而多金。'"买臣:朱买臣,西汉吴县(今属江苏)人。《汉书·朱买臣传》:"家贫,好读书,不治产业……妻羞之,求去。买臣笑曰:我年五十当富贵,今已四十馀矣,女(汝)苦日久,待我富贵报女功。妻恚怒曰:如公等终饿死沟中耳,何能富贵?买臣不能留,听去。"改嫁后,买臣官会稽太守,迎送车马百馀乘,其妻与后夫亦在修路民中,其妻羞愧,自缢而死。一介:一个,一般用为自谦不足道的意思。

④ 世有二句:指韩琦祖先便已富贵,父国华,《宋史》有传,官至右谏议大夫。"性纯直,有时誉。"令德,美德。汉蔡邕《上封事陈政要七事》:"太子官属,宜搜选令德。"

⑤ 自公四句:谓韩琦不到二十岁就中进士而知名。闻下风,闻风钦佩。《左传·僖公十五年》:"群臣敢在下风。"望馀光,瞻望其美德威势。

⑥ 高牙大纛(dào):旗杆上装饰象牙的旗帜,代指居高位者的仪仗。桓圭:古代公爵所执玉制信符,长九寸,两面各有二棱。衮冕:古代帝王及诸侯公卿的礼服礼帽。

⑦ 勒之金石:把功绩刻在金属器物或石碑上,即下文的"铭彝鼎"。播之声诗:写入歌诗传诵,即下文"被弦歌"。

⑧ 既又六句：韩琦有《昼锦堂》诗："古人之富贵，归于本郡县。譬若衣锦游，白昼自光绚。不则如夜行，虽丽胡由见。……兹予来旧邦，意弗在矜炫。以疾而量力，惧莫称方面。"表明韩琦建堂勒石，意不在"夸荣"，相反却是以此为戒。

⑨ 夷险一节：无论仕途平坦还是艰险，都坚持同样的节操。夷，平坦。

⑩ 至于六句：李纲《书韩魏公事》："欧阳永叔尝问玉局曰：'魏公立朝大节孰为难?'玉局曰：'莫难于定策。'永叔曰：'使我辈处此时，当如何?'玉局曰：'想亦当然。'永叔曰：'我辈皆能为之，何难之有?'玉局曰：'然则孰为难?'永叔曰：'方英庙初立，母后垂帘，一日帘中出文字一卷，皆诉宫禁中事，其辞甚切。公以文字置怀中，徐曰："是必有内侍交搆两宫者。"帘中曰："有之。"因举其姓名。公曰："容臣退处置。"既归省，取怀中文字焚之，命堂吏书空头谪降敕，遍签执政，且命开封府择使臣一员、步军司差禁卒二十人，呼帘中所举姓名内侍至都堂，立庭中，面责之，填敕编置岭外。使臣禁卒即日押行。来日见上，具道所以。于是两宫遂宁。若此者，乃所谓难，故予作《昼锦堂记》，言公不动声

色而措天下于太山之安,盖谓此也。'王岩叟著《魏公别录》逸此一事,因书其后。"(《梁谿集》卷一六〇)

⑪ 彝鼎:泛指古代祭祀用的鼎、尊、罍等礼器。《礼记·祭统》:"对扬以辟之,勤大命,施于烝彝鼎。"郑玄注:"彝,尊也。"彝(yí),《说文·糸部》:"彝,宗庙常器也。"邦家:国家。

韩琦昼锦堂落成,欧阳修曾作《昼锦堂》诗寄之。十年过后,他为什么又忽然自告奋勇写了这篇《相州昼锦堂记》呢? 换言之,究竟是什么原因使作者具有如此强烈的写作冲动呢? 这是读者首先关注的一大问题。《唐宋八大家文钞·欧阳文忠公文钞》评语卷二〇引唐顺之语曰:"前一段依题说起,后乃归之于正,此反题格也。"对于这类文章,我们不妨用逆向思维方式,探明究竟。煞尾云:"余虽不获登公之堂,幸尝窃诵公之诗,乐公之志有成,而喜为天下道也,于是乎书。"这就告诉我们,作者只是读过韩琦的《昼锦堂》诗,实际上却没有机会亲临其堂。作记缘于"乐公之志有成,而喜为天下道也"。这里只轻轻一点,而所谓"公之志有成",所指为何?往上逆推,才知作为两朝顾命大臣韩琦原来举重若轻地顺利完成了事关安邦定国重大决策,那就是本文所记的:"出入将相,勤劳王家而夷险一节。至于临大事,决大议,垂绅正笏,不动声气,而措天下于泰山之安。"至于临什么大事、决什么大议,事关宗庙社稷,是天机,当然不能泄露。今天我们只能凭藉可靠的史料来为之解密。《续通鉴纪事本末》卷五四"光献垂帘"载:"(嘉祐八年)十一月,方帝(英宗)疾甚时,云为多乖错,往往触忤太后,太后不能堪。左右谗间者,或阴有废立之谋。昭陵既覆土,韩琦归自陵下,太后遣中使持一封文书付琦。琦启之,则帝所写歌词并宫中过失事。琦即对使者焚毁,令复奏曰:'太后每说官家心神未宁;心神未宁,则语言举动不中节,何足怪也!'及进对帘前,太后呜咽流涕,具言之,且曰:'老身殆无所容,须相公作主!'琦曰:'此病故耳,病已,必不然。子病,母可不容之乎?'太后不怿。欧阳修继言曰:'太后事仁宗数十年,仁圣之德,著于天下。妇人之性,鲜不妒忌。昔温成骄恣,太后处之裕然，何所不容；今母子之间反不能忍耶？'太后曰：'得诸君知此，善矣。'修曰：'此事何独臣等知之，中外莫不知也。'太后意稍和。修又言：'仁宗在位岁久，德泽在人，人所信服。故一日晏驾，天下禀承遗命，奉戴嗣君，无一人敢异同者。今太后深居房闼，臣等五六措大尔，举动若非仁宗遗意，谁肯听从！'太后默然。它日，琦等见帝，帝曰：'太后待我无恩。'琦等对曰：'自古圣主明王，不为少矣，然独称舜为大孝，岂其余尽不孝也？父母慈爱而子孝，此常事，不足道；惟父母不慈爱而子不失孝，乃可称耳。正恐陛下事父母未至，父母岂有不慈爱者！'帝大悟。自是不复言太后短矣。"此其一。其二，迫使太后撤帘。《续资治通鉴长编》卷二〇一治平元年五月戊申："皇太后出手书还政，是日遂不复处分军国事。……韩琦久欲太后罢东殿垂帘，一日取日余事并以禀上，上裁决如流，悉皆允当。琦退，与同列同贺，因谓曾公亮曰：'昭陵覆土，琦即合求退，顾上体未平，迁延至今。上听断不倦如此，诚天下大庆，琦当于帘前先白太后，请一乡郡，须公等赞成之。'公亮等皆曰：

'朝廷安可无公？公勿庸请也！'于是诣东殿，覆奏上所裁决十余事，太后每事称善。同列既退，琦独留，遂白太后如向与公亮等言。太后曰：'相公安可求退？老身合居深宫，却每日在此，甚非得已，且容老身先退。'琦即称前代如马、邓（指东汉明德马皇后与和熹邓皇后）之贤，不免贪恋权势，今太后便能复辟，马、邓所不及，因再拜称贺；且言台谏亦有章疏乞太后还政，未审决取何日撤帘？太后遽起，琦厉声命仪鸾司撤帘。帘既落，犹于御屏微见太后衣也。"就这样，韩琦运用旁敲侧击的手法，抓紧稍纵即逝的有利时机，以迅雷不及掩耳之势，迫使太后撤帘，还政于英宗，从而结束了曹太后把持朝政的局面。随后，韩琦和作者达成默契，一举将交斗宫闱的宣政使入内都知安静军留后任守忠撵出内廷，发配蕲州安置，清除了离间两宫的隐患，大快人心，朝局得以稳定。应该说，韩琦一手策划这一出戏剧性场面，乃是其"临大事，决大议，垂绅正笏，不动声气而措天下于泰山之安"的生动体现。《曲洧旧闻》卷八载："欧阳文忠公作《昼锦堂记》成，以示晁美叔秘监，云：'"垂绅正笏，不动声色，措天下于泰山之安"，如此，予所亲见，故实记其事，无一字溢美。于斯时也，他人皆惴栗流汗，不能措一词；公独闲暇如安平无事，真不可及也。'"对此，《宋史》本传也说："嘉祐、治平间，再决大策，以安社稷。当是时，朝廷多故，琦处危疑之际，知无不为。或谏曰：'公所为诚善，万一蹉跌，岂惟身不自保，恐家无处所。'琦叹曰：'是何言也。人臣尽力事君，死生以之。至于成败，天也，岂可豫忧其不济，遂辍不为哉！'闻者愧服。"正由于韩琦履险如夷，实现了他既定的"惟德被生民而功施社稷"的"素志"，作者能不为他写作这篇"记"吗！

在谋篇布局上，本文也是别运匠心。文章先从"昼锦"翻起，分别揭示"一介之士"、"庸人孺子"、"愚妇"对衣锦荣归的见识。然后，用"惟大丞相魏国公则不然"一句，把"衣锦之荣"一笔扫开，转而紧扣韩琦及其《昼锦堂》诗意，展示其与俗不同的荦荦心事。可以说，作者手写题面而神游题外。对韩琦来说，出身于仕宦之家，"世有令德，为时名卿"，而非朱买臣似的"困厄闾里，庸人孺子皆得易而侮之"的穷书生；再就仕履而言，韩琦"少时,已擢高科,登显仕,海内之士闻下风而望馀光者,盖亦有年矣",而不像苏秦之仕途蹭蹬以致"不礼于其嫂"。可以说"所谓将相富贵,皆公所宜素有",根本不用衣锦还乡来"惊骇""夸耀"乡里。那么他为什么要修建这"昼锦堂"并刻诗于石呢?原来是为了"不以昔人所夸者为荣,而以为戒",也就是说,他自有更高的人生价值取向。那就是"惟德被生民而功施社稷",鞭策自己建功立业,"以耀后世而垂无穷","岂止夸一时而荣一乡哉"。——这才是韩琦之"志",也是他写作《昼锦堂》诗的本意。接下来便实叙韩琦足以为荣、显其素志的功德,字字实录,了无溢美之词,真可谓水到渠成,顺理成章,结构极为精密。以此,前人有评曰:"天下文章,莫大于是。"即《昼锦堂记》,以永叔之藻采,著魏公之光烈,正所谓"天下莫大之文章"。

秋　怀

节物岂不好,秋怀何黯然!

西风酒旗市^①，细雨菊花天。

感事悲双鬓，包羞食万钱^②。

鹿车终自驾，归去颍东田^③。

① 酒旗：酒帘，酒店用以招徕顾客的旗帜，以布缀竿，悬于门外。

② 感事二句：谓因忧愁国是而双鬓变白，也为享受优厚的俸禄、无所建树而深感羞愧。治平二年（1065）正月二十三日上《乞外任第一表》："误蒙睿奖，俾贰宰司，讫无毫发之可称，常惧满盈之必覆。加以年龄迫于衰晚，气血损于忧伤。……冬春以来，职业多废。当圣君求治之始，是群臣宣力之时。自嗟犬马之微生，遽先疲乏；惟恃乾坤之大度，曲赐含容。虽未责于旷官，亦难安于尸禄。与其坐待于弹劾，岂如自乞于哀怜？"《下直》诗亦云："报国无功嗟已老，归田有约一何稽！终当自驾柴车去，独结茅庐颍水西。"均可参证。包羞，含羞忍辱。《易·否卦·象传》曰："包羞，位不当也。"孔颖达疏："位不当所包承之事，惟羞辱已。"万钱，指丰厚的俸禄。

③ 鹿车二句：意谓解官归田。鹿车，古代的一种小车。《太平

御览》卷七七五引汉应劭《风俗通》:"鹿车,窄小裁容一鹿也。"颍东田,指颍州。

　　这首诗是作者于英宗治平二年任参知政事时所作。其时,英宗亲政,锐意革新,百废待举,终以积重难返,举步维艰。作为副相的欧阳修很想与首相韩琦勠力王室,竭忠效力,无奈久为目疾所苦,近又染上消渴之症(糖尿病),精力每况愈下。在此力不从心的情况下,于正月间接连递呈了三表、二札子,直陈病况,乞补外任,都未获允准。八月雨水为灾,又连上三表引咎自责,乞求待罪避位,同样未获允准。这首诗正是作者此时此刻内心深处"忧国心危百箭攻"(《夜宿中书东阁》)的真实写照。

憎 苍 蝇 赋

　　苍蝇,苍蝇,吾嗟尔之为生! 既无蜂虿之毒尾,又无蚊虻之利嘴[①]。幸不为人之畏,胡不为人之喜？尔形至眇，尔欲易盈②，杯盂残沥，砧几余腥③，所希杪忽，过则难胜④。苦何求而不足，乃终日而营营⑤？逐气寻香，无处不到，顷刻而集，谁相告报？其在物也虽微，其为害也至要。

若乃华榱广厦，珍簟方床⑥，炎风之燠，夏日之长，神昏气蹙，流汗成浆，委四支而莫举，眊两目其茫洋⑦。惟高枕之一觉，冀烦歊之暂忘⑧。念于尔而何负，乃于吾而见殃？寻头扑面，入袖穿裳，或集眉端，或沿眼眶，目欲瞑而复警，臂已痹而犹攘⑨。于此之时，孔子何由见周公于仿佛，庄生安得与蝴蝶而飞扬⑩？徒使苍头丫髻，巨扇挥飏，咸头垂而腕脱，每立寐而颠僵⑪。此其为害者一也。

又如峻宇高堂，嘉宾上客，沽酒市脯⑫，铺筵设席。聊娱一日之余闲，奈尔众多之莫敌！或集器皿，或屯几格⑬。或醉醇酎，因之没溺；

或投热羹,遂丧其魄[14]。谅虽死而不悔,亦可戒
夫贪得。尤忌赤头,号为景迹[15],一有沾污,人
皆不食。奈何引类呼朋,摇头鼓翼,聚散倏忽,
往来络绎。方其宾主献酬,衣冠俨饰[16],使吾挥
手顿足,改容失色。于此之时,王衍何暇于清
谈,贾谊堪为之太息[17]!此其为害者二也。

又如醢醯之品,酱𩛆之制,及时月而收藏,
谨瓶罂之固济,乃众力以攻钻,极百端而窥
觑[18]。至于大胾肥牲,嘉肴美味,盖藏稍露于罅
隙,守者或时而假寐,才稍怠于防严,已辄遗其
种类[19]。莫不养息蕃滋,淋漓败坏[20]。使亲朋
卒至,索尔以无欢;臧获怀忧[21],因之而得罪。
此其为害者三也。

是皆大者,馀悉难名。呜呼!止棘之诗,
垂之六经,于此见诗人之博物,比兴之为精[22]。
宜乎以尔刺谗人之乱国,诚可嫉而可憎!

① 虿(chài)：蝎子类毒虫，虿尾末端有毒钩。《左传》僖公二十二年："君其无谓邾小，蠭虿有毒，而况国乎?"孔颖达疏："虿，毒虫也。"虻(méng)：虫名。成虫像蝇，生活于草丛中，吮吸人畜的血液。作者《憎蚊》诗："蝇虻蚤虱蠛，蜂蝎蚖蛇蝮，惟尔于其间，有形才一粟。"

② 眇：极小。盈：满足。

③ 残沥：残羹剩水。砧(zhēn)几：案板桌台。

④ 杪(miǎo)忽：极小的量度单位，形容极其微小。《后汉书·律历志中》："夫数出于杪忽，以成毫氂，毫氂积累，以成分寸。"难胜：难以承受。

⑤ 营营：象声词。《诗·小雅·青蝇》："营营青蝇，止于樊。"朱熹《集传》："营营，往来飞声，乱人听也。"

⑥ 华榱(cuī)：华美的建筑。榱，椽子。珍簟：精美的席子。簟，竹席。方床：卧榻。《南史·贺革传》："(革)有六尺方床，思义未达，则横卧其上，不尽其义，终不肯食。"

⑦ 燠(yù)：暖，热。眊(mào)：昏花。茫洋：迷茫貌。

⑧ 烦歊(xiāo)：炎热。

⑨ 何负：有什么对不起。见殃：遭殃。痹：麻木。攘：驱赶。

⑩ 孔子句：语本《论语·述而》："子曰：甚矣吾衰也，久矣吾

不复梦见周公。"意谓孔子想见周公的梦也做不成了。仿佛：依稀。庄生句：语出《庄子·齐物论》："昔者庄周梦为胡蝶，栩栩然胡蝶也；自喻适志与，不知周也；俄然觉，则蘧蘧然周也。不知周之梦为胡蝶与，胡蝶之梦为周欤?"意谓庄周胡蝶梦怎得做成?

⑪ 苍头：男仆。《汉书·鲍宣传》："苍头庐儿皆用致富。"颜师古注引孟康曰："汉名奴为苍头，非纯黑，以别于良人也。"丫髻：丫鬟。颠僵：跌倒。

⑫ 脯：干肉。

⑬ 屯：聚集。几格：桌子橱子。

⑭ 醇酎(zhòu)：美酒。酎，反复多次酿成的酒。《礼记·月令》"(孟夏之月)天子饮酎"郑玄注："酎之言醇也，谓重酿之酒也。"没溺：淹死。丧其魄：丧命。

⑮ 赤头：红头苍蝇，繁衍栖息于厕所的苍蝇。景迹：清厉荃《事物异名录·昆虫上·蝇》引《酉阳杂俎》："蝇赤头者号为景迹。"

⑯ 献酬：劝酒，敬酒。《诗·小雅·楚茨》："献酬交错。"郑玄笺："始主人酌宾为献，宾既酌主人，主人又自饮酌宾曰酬。"衣冠俨饰：穿着端庄整齐。

⑰ 王衍:东晋清谈家代表之一。贾谊:西汉辞赋家、政论家。太息:长叹。贾谊《治安策》:"臣窃惟事势,可为痛哭者一,可为流涕者二,可为长太息者六。"

⑱ 醯醢(xī hǎi):用鱼肉制成的酱。酱齯(ní):《辽史·礼志六》:"兔肝为齯,鹿舌为酱。"瓶罂(yīng):小口大腹的瓶。固济:密封。窥觊(jì):犹觊觎。

⑲ 大胾(zì):切成大块的肉。《礼记·曲礼上》:"凡进食之礼,左殽右胾。"郑玄注:"殽,骨体也;胾,切肉也。……殽在俎,胾在豆。"牲:原指供祭祀的家畜,此泛指肉类。种类:指苍蝇产卵。

⑳ 养息蕃滋:生长繁衍成蛆。淋漓:充盛,极多。

㉑ 卒:音 cù,突然。索尔:毫无兴致。臧获:奴婢。《汉书·司马迁传》:"且夫臧获婢妾犹能引决,况若仆之不得已乎!"颜师古注:"应劭曰:扬雄《方言》云:'海岱之间,骂奴曰臧,骂婢曰获。'"

㉒ 《止棘》:《诗·小雅·青蝇》:"营营青蝇,止于樊;岂弟君子,无信谗言。营营青蝇,止于棘;谗人罔极,交乱四国。营营青蝇,止于榛;谗人罔极,构我二人。"郑玄笺:"蝇之为虫,污白使黑,污黑使白。喻佞人变乱善恶也。"垂:流传。

六经：指《书》、《诗》、《易》、《礼》、《乐》、《春秋》。博物：
见多识广而又通晓物理。比兴：用明喻或暗喻托物言志。
东汉郑玄《周礼·春官·大师》注引郑众语："比者，比方于
物也；兴者，托事于物。"

　　这篇赋写作背景不详。从内容看，当是作者迭遭群
小蜚语谗谤诬蔑之后，为抒发积愤而作。

　　苍蝇，作为颠倒黑白、陷害忠良的卑鄙小人的象喻，
早在《诗经》就已出现。而以单独的反面主角写入辞
赋，始自北魏元顺的《蝇赋》。元顺（495—528），北魏宗
室，忠直有才名，原先为顾命大臣，备受重视。后为城阳
王元徽及徐纥在灵太后前进谗，出为护军将军、太常卿。
元顺在西游园告辞灵太后时直指元徽曰："此人魏之宰
嚭，魏国不灭，终不死亡。"遂作《蝇赋》以见意，就此属
疾在家，杜绝庆吊。（详参《魏书》本传）其赋内容比较
单一，也缺乏文采。本赋则从大家耳闻目睹的三个不同
的层面揭露苍蝇终日营营、无孔不入、贪得无厌、蹈死不
悔的卑鄙龌龊，笔墨淋漓尽致，形象生动。赋旨在提醒

读者，"其在物也虽微，其为害也至要"，对之切不可掉以轻心。篇题冠一"憎"字，篇末结以"止棘之诗，垂之六经，于此见诗人之博物，比兴之精。宜乎以尔刺谗人之乱国，诚可嫉而可憎"。可见作者对群小的深恶痛绝。元赵孟頫《书憎苍蝇赋后》说："欧阳公有意而作，余书此亦不能无意寓焉。"康熙《御制文集》卷二六更指出："欧阳修《憎苍蝇赋》，题虽小，喻谗人乱国，意极深长。每喜读之。"评价鞭辟入里，可谓不刊之论。正因为如此，欧阳修才自以为得意之作，把它收入了自己编定的《居士集》。

六、君恩天地不违物,归去行歌颍水傍
(1067—1072)

　　治平四年(1067)二月,欧阳修遭到突如其来的诬陷,蒙受难堪的侮辱。

　　早在英宗亲政才一年时,朝廷之上就如何称呼英宗生父的问题掀起了一场旷日持久的大论战,这就是历史上的所谓"濮议"。

　　英宗原名宗实,是濮安懿王赵允礼的儿子。四岁开始就养宫中,由曹后抚育成人。仁宗无子,宗实立为皇储,赐名曙,后继承皇位。对他生父、嗣父如何称呼,一时朝论籍籍。约而言之,可分为执政和台谏两派。彼此引经据典,各执一词,壁垒分明,唇枪舌剑,相持不下。

最先提出"濮安懿王德盛位隆,宜有尊礼"建议的是韩琦与欧阳修,因称执政派。英宗守孝两年期满以后,下诏交付礼官与待制以上廷议。司马光首先表态,继起者有王珪、侍御史吕诲、范纯仁、监察御史吕大防及权御史中丞彭思永,通称台谏派。台谏派以为,英宗能"继体承"、"富有四海"取决于仁宗皇帝,因此应确认为"先帝之子",对其生父只能赠以高官大国,极其尊荣,但不能称皇考。两派各有深刻的政治背景,英宗是执政派的支持者,曹太后则是台谏派的后台,因此势不两立。英宗犹豫久之,最后还是以台谏派失败告终。从某种意义上说,这场争论是事关朝局守旧与革新之争的继续。欧阳修凭藉其深厚的学术功底,尤通经史的优长,面对论敌凌厉的攻势,从容应对,驳论有力,因而不可避免地成了众矢之的,被目为"首倡邪议"的罪魁。

其时,刚巧碰上欧阳修妻薛氏堂弟薛宗孺任水部郎中时所荐举的崔庠犯赃坏事,按律,薛宗孺坐举官不当,被劾。薛宗孺打算拖到南郊肆赦后区处,希求赦免。欧阳修为避嫌,特地上言表态,不予赦原。薛宗孺为此罢官,怨修切齿。于是当众扬言欧阳修有"帷薄之丑",污蔑他与长媳有染。谣诼一出,很快传到集贤校理刘瑾那里。刘瑾亟加张扬,传告监察御史中丞彭思永,顿时闹得满城风雨。时在治平四年春天。

彭思永乘机偷偷告诉蒋之奇。蒋之奇在濮议时附和欧阳修,因此得到赏识与推荐,捞得殿中侍御史里行一职。蒋之奇眼见欧阳修被指责"首倡邪说",为了摆脱干系,保牢乌纱帽,便迫不及待地上殿弹劾,乞求"肆诸市朝"。幸而刚即位的神宗不敢冒昧,责以"大事不言,而抉人闺门之私",且疑其不然。蒋之奇供出彭思永,要他作证,伏地叩头,坚请必行。彭思永也"言修罪当贬窜",并诡称:"以阴讼治大臣诚难,然修首议濮园事犯众怒。"很明显,他们之所以厚诬欧阳修"帷薄不修",只是为台谏派加害作者而找出的突破口。而神宗竟把蒋之奇、彭思永的章奏交由枢密院查处,因而使谣诼进一步扩散。这就迫使欧阳修不得不于一月内九次递呈奏札吁请朝廷,辨明是非,以正视听,并作出公正裁决:"若实,则臣甘从斧钺;若虚,则朝廷典法必有所归!"这时,神宗才密问天章阁待制孙思恭。孙思恭竭力解救,神宗才下令思永、之奇交代传闻来源,蒋之奇只好再次供出彭思永。彭思永则以"法许御史风闻言事"为由拒不招供。神宗也想循例不予深究。受诬莫辩的欧阳修于是在《封进批出蒋之奇文字札子》中严正指出:面对现实,朝廷只能作两种选择:"实则臣当死,虚则之奇安得无罪?使事实而臣不死,不足以显之奇之言;使事虚不罪之奇,不足以雪臣之冤枉!"二者必居其一,没有调和的余地。神宗不得已亲加过问,澄清视听,终于将彭思永、蒋之奇一并降黜,贬逐出朝。同时,劝谕欧阳修:"事理既明,人疑亦释,卿宜起视事如初,无恤前言。"

作者经过这番折磨,深感自己所以遭此大谤,乃由于秉性孤直,不识祸机,多积怨仇所致。于是,一连六上表札乞罢机务,除一外郡差遣。他的心情也为知己、尤其是韩琦认同。最后终于取得神宗同意,以观文殿学士转刑部尚书的头衔出知亳州(今属安徽)。以此为始,解官归田成了他保全晚节的追求目标。

在赴任途中,欧阳修请准便道过颍,稍事停留,修葺旧居,为提前退休预留栖息之所。滞留颍州期间,他写了《再至汝阴三绝》,并将自南都至中书间所作十来首诗汇集在一起,写有《思颍诗后序》,表示对汝阴向往很久了,选择那里为退居之地并非出于一时冲动。

他五月底到任,六月初二日视事。一年过后,又连上五个奏表、四具札子,一再坚决要求提前休致,但都未获允俞,反而超转官资,移委要藩。熙宁元年(1068)八月,转兵部尚书,改知青州,充京东东路安抚使。一年过后,又二上札子,请求改派差使,到地处淮、颍之间的寿州去"苟养衰残",以尽余生,仍然未能如愿。这时,王安石熙宁变法正在大张旗鼓、雷厉风行地推向全国。其中俵散青苗钱一项,本意是想利用官府之力在青黄不接时发放,使贫苦人家免受豪强的高利盘剥;酌中定价,免得常平广惠仓收藏积滞,利于新陈储备粮相易,一举两得,公私称便。"召民愿请,仍常以半为夏料,半为秋料。""不愿请者,不得抑配。"(《宋会要辑稿·食货四》之一七)但在通行法令中没有列入青苗法中的上引规定,各地所加的补充条款中却必须列入在夏秋两次收成之后,随两税偿还所借青苗钱时,须在原借数外加纳三分或二分息钱。(参见上引同书之二四及《廿二史札记》卷二六)这就使农民归还贷款时还得承担至少百分之二十至三十的利息。对此,欧阳修在《言青苗钱第一札子》里提出,施行青苗法既说"本为惠民",就不该"取利于民"。王安石则以为分息不取,政府多项财政支出没有来源,势必导致"来日之不可继"。熙宁变法的根本目的在于富国强兵。推行青苗法意在"取利",以解决国家财用不足的难题。同时也为了以农养农,发展农业生产,从全局长远观点看对改善人民生活也是有利的。应该承认,欧阳修对青苗钱的批评,终属儒生迂腐之见。随后,又有《言青苗钱第二札子》,一针见血地指出"若秋料钱于五月俵散,正是蚕麦成熟、人户不乏之时,何名济阙,直是放债取利尔",并自作主张"指挥本路诸州军,并令未得俵散秋料钱,别候朝廷指挥去后"。对其未获奏准擅自作主的做法,朝廷仅止于切责其"不合不听候朝廷指挥,擅行止散",明确表示"免从廷议,特贷刑章"。而于明年四月另膺新命,要他出任检校太保、宣徽南使院、判太原府、河东路经略安抚监牧使兼并代泽潞麟府岚石路兵马都总管,足见神宗对他倚重如故。所有这些,反而增加了他的精神负担,使他更感惶恐,于是一连递呈了六道札子,坚请恳辞恩命。最后终于得到了神宗的理解和首肯,追还新命,重新安排他为观文殿学士差知蔡州(今河南汝南)军州事。蔡州与颖州隔水相望,又是河南的名邦重镇。土风淳厚,物产丰饶,便于养疾,分明带有照顾老臣的性质。

欧阳修在上任途中又在颖州滞留了一个多月,写了《六一居士传》,从中可以看出作者晚年的心态。

到任才半年,他又三番五次上呈表札,迫切要求提前退休。由于他累上表札,情辞恳切,一再坚持,最终获得恩准。于熙宁四年(1071)六月,除太子少师、依前观文殿学士致仕。时年六十五。"天下士大夫闻公勇退,无不惊叹云'近古所无也'。"(《欧阳公墓志铭》)七月,回到了向往已久的颖州。九月,苏轼赴杭州通判任所途中与弟弟苏辙相约到颖州拜谒阔别经年的座师,留颖兼旬,泛舟饮酒,欧阳修的《采桑子》十三首大概就在此时润色定稿。

明年五月,年近八十的老友赵槩自南京来访,一时"缙绅相趋动颜色,闾巷欢呼共嗟愕"(《拟剥啄行寄赵少师》),知州吕公著也闻讯赶来,设宴款待。席间根据吕公著的建议,将欧阳修所居西堂命名为"会老堂",以示对比自己大十来岁的来客的敬意,乘间又写了《会老堂致语》和七律《会老堂》一首,以志一时之盛。

作者《答判班孙待制见寄》诗云:"惟恨江淹才已尽,难酬开府句清新。"的确,退居颖州以后,欧阳修抱病延年,在文学创作上并没有像庾信晚年那样取得新的进展。其精力主要集中在整理和审定旧稿上,在编定《诗话》的同时,又编定了《居士集》五十卷。不久,一代文豪溘然长逝,被追赠为太子太师,谥文忠。熙宁八年(1075)九月二十六日,葬于开封府新郑县旌贤乡。

记旧本韩文后

予少家汉东①,汉东僻陋无学者,吾家又贫

无藏书。州南有大姓李氏者,其子尧辅颇好学。予为儿童时,多游其家,见有弊筐贮故书在壁间,发而视之,得唐《昌黎先生文集》六卷②,脱落颠倒无次序,因乞李氏以归。读之,见其言深厚而雄博,然予犹少,未能悉究其义,徒见其浩然无涯,若可爱③。

是时天下学者杨、刘之作,号为时文④,能者取科第,擅名声,以夸荣当世,未尝有道韩文者。予亦方举进士,以礼部诗赋为事。年十有七试于州,为有司所黜⑤。因取所藏韩氏之文复阅之,则喟然叹曰:学者当至于是而止尔!因怪时人之不道,而顾己亦未暇学,徒时时独念于予心,以谓方从进士干禄以养亲,苟得禄矣,当尽力于斯文,以偿其素志⑥。

后七年,举进士及第,官于洛阳。而尹师鲁之徒皆在⑦,遂相与作为古文。因出所藏《昌黎集》而补缀之,求人家所有旧本而校定之。其后天下学者亦渐趋于古，而韩文遂行于世，至于今盖三十余年矣，学者非韩不学也，可谓盛矣。

呜呼！道固有行于远而止于近，有忽于往而贵于今者，非惟世俗好恶之使然，亦其理有当然者。而孔、孟惶惶于一时，而师法于千万世⑧。韩氏之文没而不见者二百年，而后大施于今，此又非特好恶之所上下，盖其久而愈明，不可磨灭，虽蔽于暂而终耀于无穷者，其道当然也。

予之始得于韩也，当其沉没弃废之时，予固知其不足以追时好而取势利，于是就而学之，则予之所为者，岂所以急名誉而干势利之用哉？亦志乎久而已矣。故予之仕，于进不为喜、退不为惧者，盖其志先定而所学者宜然也。

集本出于蜀⑨，文字刻画颇精于今世俗本，而脱缪尤多。凡三十年间，闻人有善本者⑩，必求而改正之。其最后卷帙不足，今不复补者，重增其故也。予家藏书万卷，独《昌黎先生集》为旧物也。呜呼！韩氏之文、之道，万世所共尊，天下所共传而有也。予于此本，特以其旧物而尤惜之。

① 汉东：汉水以东，指随州。欧阳修四岁而孤，随母往依时任随州推官的叔父晔，故云。

②《昌黎先生文集》：唐代古文运动倡导者韩愈的文集，为其弟子李汉所编。昌黎，韩愈的郡望。

③ 若：此处作连接词用，同"而"。

④ 杨、刘之作：指杨亿、刘筠的作品。作者《六一诗话》："盖自杨、刘唱和，《西昆集》行，后进学者争效之，风雅一变，谓之'昆体'。由是唐贤诸诗集几废而不行。"杨亿等的文风以靡丽著称。时文：当时流行的文体。旧时对科举应试文体的通称。这里指骈文、律赋之类。

⑤ 为有司所黜：指作者应随州州试（入选者由州郡保送入京应试，称乡贡，又称解试），以落官韵而未被录取。有司，主

试官。黜,刷落,未被录取。

⑥ 干禄:求取官位,获得俸禄。素志:指写作古文的心愿。

⑦ 后七年:指天圣八年(1030)。官于洛阳:指任西京留守推官。尹师鲁:即尹洙。

⑧ 而孔孟二句:谓孔子、孟子在世时,为推行他们的学说,周游列国,到处碰壁,但到后世却被推崇为"万世师表"。

⑨ 集本句,谓作者所得《昌黎先生文集》是四川刻本。蜀,今四川地区。五代时中原地区战乱频仍,四川相对安定,刻书业较为发达,以后蜀刻书家毋昭裔最有名。

⑩ 善本:校勘精良的版本。刻书业未发达前,书籍传播多凭辗转过录,其中讹夺、残缺等在所难免。作者《集古录跋尾》卷八《唐田弘正家庙碑》:"余家所藏书万卷,惟《昌黎集》是余为进士时所有,最为旧物。自天圣以来,古学渐盛,学者多读韩文,而患集本讹舛。惟余家本屡更校正,时人共传,号为善本。"

本文以得韩集、读韩文和写作古文的亲身经历为中心线索,反映了三十余年间韩集由"沉没弃废"到天下"学者非韩不学"的曲折过程,从而展现了北宋中期"时文"与"古文"盛衰更替的嬗变历史。因小见大,由点到面,寓深意于平实的记叙之中,是本文最明显的特色。

上有所好,下必甚焉。"时文"之所以风靡一时,学者为"取科第,擅名声,以夸荣当世"而趋之若鹜,实为当时以诗赋为主的科举考试制误导所致。反之,韩文之所以"虽蔽于暂而终耀于无穷者,其道当然也"。也就是说,韩文经久而不衰乃得力于"必与道俱"。当然欧阳修心目中的"道"与韩愈所谓"道"相比,有更新的内涵,那就是"切于事实",关心"百事"。正因为如此,其影响之深远,又非韩愈能及。

祭石曼卿文①

维治平四年七月日,具官欧阳修,谨遣尚书都省令史李敭至于太清,以清酌庶羞之奠②,致祭于亡友曼卿之墓下,而吊之以文。曰:

呜呼曼卿! 生而为英,死而为灵③。其同乎万物生死而复归于无物者,暂聚之形;不与万物具尽而卓然其不朽者，后世之名④。此自古圣贤莫不皆然，而著在简册者⑤，昭如日星。

呜呼曼卿！吾不见子久矣，犹能仿佛子之平生。其轩昂磊落、突兀峥嵘而埋藏于地下者，意其不化为朽壤，而为金玉之精⑥。不然，生长松之千尺，产灵芝而九茎⑦。奈何荒烟野蔓，荆棘纵横，风凄露下，走磷飞萤？但见牧童樵叟，歌吟而上下，与夫惊禽骇兽，悲鸣踯躅而咿嘤⑧。今固如此，更千秋而万岁兮，安知其不穴藏狐貉与鼯鼪⑨？此自古圣贤亦皆然兮，独不见夫累累乎旷野与荒城⑩！

呜呼曼卿！盛衰之理，吾固知其如此，而感念畴昔⑪，悲凉凄怆，不觉临风而陨涕者⑫，有愧乎太上之忘情⑬。尚飨⑭！

① 石曼卿（994—1041）：名延年，宋城（今河南商丘）人。知兵能诗，当时有"天下奇材"之誉。延年英年早逝，作者深

表痛惜,在为他撰写的墓表中说:"曼卿少亦以气自豪,读书不治章句,独慕古人奇节伟行非常之功,视世俗屑屑,无足动其意者。自顾不合于时,乃一混以酒。……而人之从其游者,皆知爱曼卿落落可奇,而不知其才之有以用也。……其为文章,劲健称其意气。"又《六一诗话》:"石曼卿自少以诗酒豪放自得,其气貌伟然,诗格奇峭,又工于书,笔画遒劲,体兼颜、柳,为世所珍。"

② 维:发语词。具官:文章底稿或收入文集时官职的省写,这是唐宋以来一些公牍文书惯用的方式。尚书都省:官署名,是六部尚书总办公处。令史:低级办事员的官名。太清:石曼卿墓地,位于河南商丘县东南太清乡祖茔边。清酌:祭奠所用的酒。《礼记·曲礼下》:"凡祭宗庙之礼……酒曰清酌。"庶羞:多种菜肴。《仪礼·公食大夫礼》:"上大夫庶羞二十。"奠:祭品。

③ 英:杰出人物。《淮南子·泰族训》:"智过万人者,谓之英。"灵:灵气,指美好的名声。王安石《祭欧阳文忠公文》:"其出处进退又庶乎英魄灵气,不随异物腐散而长在乎箕山之侧与颍水之湄。"《六一诗话》:"曼卿卒后,其故人有见之者,云恍惚如梦中,言我今为鬼仙也,所主芙蓉城,

欲呼故人往游，不得，忿然骑一素骡，去如飞。其后又云降于亳州一举子家，又呼举子去，不得，因留诗一篇与之。余亦略记其一联云：'莺声不逐春光老，花影长随日脚流。'神仙事怪不可知，其诗颇类曼卿平生，举子不能道也。"

④ 其同乎四句：意谓人与万物同样是暂时聚合的形态，区别在于万物归于无有，而人却以立德、立功、立言而卓然不朽，名声永传。

⑤ 简册：史书。

⑥ 仿佛：依稀想像。轩昂磊落：气度非凡，仪态俊伟。突兀峥嵘：才具突出，卓尔不群。金玉之精：像金玉般永世长存。

⑦ 灵芝：菌类植物之一，生于枯木之上，古人以为瑞草、仙草。《汉书·武帝纪》："芝生殿房中，九茎。"

⑧ 奈何八句：极言石曼卿墓地荒凉。磷：一种化学元素，俗称鬼火。汉王充《论衡·论死》："人夜行见磷，不像人形，浑沌积聚，若火光之状。磷，死人之血也。"其实磷是动物尸骨中分解出的磷化氢的自燃现象。踯躅（zhí zhú）：以足击地。《荀子·礼论》："今夫大鸟兽，则失亡其群匹，越月逾时，则必反铅过故乡，则必徘徊焉，鸣号焉，踯躅焉，踟

蹰焉，然后能去之也。”杨倞注：“踯躅，以足击地也。”咿嘤（yī yīng）：鸟兽啼叫声。

⑨ 貉（hé）：明李时珍《本草纲目·兽二·貉》：“貉生山野间，状似狐，头锐鼻尖，斑色，其毛深厚温滑，可为裘服。……日伏夜出，捕食虫物，出则獾随之。”鼯鼪（wú shēng）：鼠类小动物。鼯，形似蝙蝠，善从高集下，夜出觅食，声如小儿啼。鼪，俗称黄鼠狼。

⑩ 荒城：此指荒坟。

⑪ 盛衰：此指生死。畴昔：往日，指交往之时。

⑫ 陨涕：落泪。

⑬ 有愧句：《世说新语·伤逝》：“圣人忘情，最下不及情，情之所钟，正在我辈。”太上，最高的意思，也指圣人。谓因达不到圣人忘情的最高境界而感惭愧。

⑭ 尚飨：希望死者来享用祭品。飨，祭品。

欧阳修于治平四年（1067）不安于朝，自请外任，出知亳州，六月到任。在离京赴任途中，经过石曼卿的墓地，触目荒凉，不禁为之恻然。到任不久，便遣使致祭，并写了这篇祭文寄托哀思。开端一小节为例言套语，用

以交代祭奠时间、地点、祭奠者的身份、祭奠的对象及有
关情况。治平四年，上距曼卿之死已有二十六个年头。
交代这些，有助于读者理解正文。正文就墓上着笔，三
次呼唤受祭者的字——"曼卿"，第一声呼唤是对石曼
卿的赞颂。"生而为英，死而为灵"，用这两句话来概括
他的生前和死后，都各有所本，而非虚词溢美。在常人
的心目中，最伤心的是形体的消亡，但对书生而言，最关
注的则莫过于身后留名。而石曼卿竟和古圣贤似的
"著在简册"，"昭如日星"。既能这样，也就足以告慰于
亡灵了。第二声呼唤是悲其墓地的荒凉。按照作者想
象，石曼卿生前"轩昂磊落，突兀峥嵘"，其尸骨该化为
"金玉之精"或千尺高松、九茎灵芝。奈何目所能及的
却是触处凄凉，千秋万岁之后将和古圣贤一样夷为"旷
野与荒城"，以此点明遣使致祭的原委。第三声呼唤叙
己交情，伤感不置。先说理，后言情。理不胜情以至伤
心落泪，从而更体现出友情深挚，生死不渝。

　　本文环环相扣，脉络分明，有哀悼，亦有感慨，又有
自我排解，前后呼应，自然流畅。文情浓至，凄切感人。

泷 冈 阡 表^①

　　呜呼！惟我皇考崇公卜吉于泷冈之六十年^②，其子修始克表于其阡。非敢缓也，盖有待也^③。

　　修不幸，生四岁而孤^④。太夫人守节自誓，居穷，自力于衣食，以长以教，俾至于成人^⑤。太夫人告之曰^⑥："汝父为吏廉，而好施与，喜宾客。其俸禄虽薄，常不使有馀，曰'毋以是为我累'^⑦。故其亡也，无一瓦之覆、一垄之植，以庇而为生。吾何恃而能自守邪^⑧？吾于汝父，知其一二，以有待于汝也。自吾为汝家妇，不及事吾姑，然知汝父之能养也^⑨。汝孤而幼，吾不能知汝之必有立，然知汝父之必将有后也^⑩。吾之始归也，汝父免于母丧方逾年^⑪。岁时祭祀，则必涕泣曰：'祭而丰，不如养之薄也^⑫。'间御酒食^⑬，则又涕泣曰：'昔常不足而今有余，其何及也！'吾始一二见之，以为新免于丧适然耳[14]。既而其后常然，至其终身未尝不然。吾虽不及事姑，而以此知汝父之能养也。汝父为吏，尝夜烛治官书，屡废而叹[15]。吾问之，则曰：'此死狱也，我求其生不得尔。'吾曰：'生可求乎？'曰：'求其生而不得，则死者与我皆无恨也，矧求而有得邪[16]？以其有得，则知不求而死者有恨也。夫常求其生犹失之死，而世常求其死也[17]'。回顾乳者剑汝而立于旁[18]，因指而叹曰：'术者谓我岁行在戌将死[19]，使其言然，吾不及见儿之立也，后当以我语告之。'其平居教他子弟，常用此语，吾耳熟焉，故能详也。其施于外事，吾不能知。其居于家，无所矜饰，而所为如此，是真发于中者邪[20]。呜呼！其心厚于仁者邪，此吾知汝父之必将有后也。汝其勉之！夫养不必丰，要于孝；利虽不得博于物，要其心之厚于仁[21]。吾不能教汝，此汝父之志也。"修泣而志之，不敢忘。

先公少孤力学，咸平三年进士及第，为道州判官，泗、绵二州推官，又为泰州判官。享年五十有九㉒，葬沙溪之泷冈。太夫人姓郑氏，考讳德仪，世为江南名族。太夫人恭俭仁爱而有礼，初封福昌县太君，进封乐安、安康、彭城三郡太君㉓。自其家少微时㉔，治其家以俭约，其后常不使过之，曰："吾儿不能苟合于世，俭薄所以居患难也㉕。"其后修贬夷陵㉖，太夫人言笑自若，曰："汝家故贫贱也，吾处之有素矣，汝能安之，吾亦安矣。"

自先公之亡二十年，修始得禄而养㉗。又十有二年，列官于朝，始得赠封其亲㉘。又十年，修为龙图阁直学士、尚书吏部郎中，留守南京。太夫人以疾终于官舍，享年七十有二㉙。又八年，修以非才入副枢密，遂参政事。又七年而罢㉚。自登二府，天子推恩，褒其三世。故自嘉祐以来,逢国大庆,必加宠锡㉛。皇曾祖府君累赠金紫光禄大夫、太师、中书令。曾祖妣累封楚国太夫人。皇祖府君累赠金紫光禄大夫、太师、中书令兼尚书令。祖妣累封吴国太夫人。皇考崇公累赠金紫光禄大夫、太师、中书令兼尚书令。皇妣累封越国太夫人㉜。今上初郊㉝,皇考赐爵为崇国公,太夫人进号魏国。于是小子修泣而言曰:"呜呼!为善无不报,而迟速有时,此理之常也。惟我祖考,积善成德,宜享其隆,虽不克有于其躬,而赐爵受封,显荣褒大,实有三朝之锡命㉞。是足以表见于后世,而庇赖其子孙矣。"乃列其世谱,具刻于碑。既又载我皇考崇公之遗训,太夫人之所以教而有待于修者,并揭于阡,俾知夫小子修之德薄能鲜,遭时窃位,而幸全大节不辱其先者,其来有自㉟。

　　熙宁三年岁次庚戌四月辛酉朔十有五日

乙亥㊱，男推诚保德崇仁翊戴功臣、观文殿学士、特进、行兵部尚书、知青州军州事、兼管内劝农使、充京东东路安抚使、上柱国、乐安郡开国公、食邑四千三百户食实封一千二百户修表㊲。

① 泷（shuāng）冈：地名，在今江西永丰县双溪镇南凤凰山。阡表：即墓表，墓道上的石碑文字，与碑碣有别。立碑碣须有一定的官位，而墓表则可不论，内容叙述死者的"学行德履"。《独醒杂志》卷二："两府例得坟院。欧阳公既参大政，以素恶释氏，久而不请。韩公为言之，乃请泷冈之道观。又以崇公之讳，因奏改为西阳宫，今隶吉之永丰。后公罢政，出守青社，自为阡表，刻碑以归。"

② 皇考：对亡父的尊称。《礼记·曲礼下》："祭……父曰皇考，母曰皇妣。"宋徽宗始专用于皇家。

③ 有待：指等待自己成名后皇上给祖先诰封。

④ 孤：幼而丧父称孤。

⑤ 守节：封建社会里称妇女在丈夫死后不改嫁为守节。长：

养育。《诗·小雅·蓼莪》:"长我育我。"

⑥ 之:作者自指。

⑦ 为吏廉:为官清廉。欧阳观官位不显,一生只做过州县推官、判官等辅佐幕僚,所以称"吏"。作者《七贤画序》:"某为儿童时,先妣尝谓某曰:'吾归汝家时,极贫。汝父为吏至廉,又于物无所嗜,惟喜宾客,不计其家有无以具酒食。在绵州三年,他人皆多买蜀物以归,汝父不营一物,而俸禄待宾客,亦无馀已。'"可参看。毋以是为我累:意谓别以"有馀"牵累自己。是,此,指"有馀"。

⑧ 故其四句:意谓欧阳观死的时候,家里连一间房、一寸地都没有,我靠什么来守寡呢?以下说明原因。

⑨ 不及事吾姑:来不及侍奉婆婆,意谓她已去世。姑,妇女对丈夫母亲的称谓。能养:指尽孝。《礼记·祭义》:"曾子曰:孝有三:大孝尊亲,其次弗辱,其下能养。"

⑩ 汝孤三句:意谓"为善无不报",这是全篇的线索。"为善无不报"是我国传统的伦理观念。作者《孙氏碑阴记》:"为善之效无不报,然其迟速不必问也。故不在身者,则在其子孙;或晦于当时者,必显于后世。"立,成就。有后,指子孙能光大门楣。

⑪ 归：古代称妇女出嫁曰"于归"。免于母丧：除去为母亲守丧的孝服，古代父母死后得服丧三年。

⑫ 祭而丰二句：意谓与其死后祭品丰盛，不如生前以简陋的条件多奉养几年。《韩诗外传》七："曾子曰：往而不可还者，亲也；至而不可加者，年也。是故孝子欲养而亲不待也，木欲直而时不待也。是故椎牛而祭墓，不如鸡豚逮亲存也。"

⑬ 间：偶而。御：食用。

⑭ 昔常四句：谓母亲生前因经济拮据不能很好奉养，如今有能力吃好的了，可怎能弥补她生前的不足呢？适然，偶然。

⑮ 治官书：处理官府的文书。屡废：多次停下来。

⑯ 死狱：处死的案件。矧（shěn）：况且。

⑰ 夫常求二句：意谓治狱者常想为罪犯找出一条生路，但仍不能避免误判死刑；何况世上治狱者常作有罪推理而求置人于死地呢？苏辙《欧阳文忠公神道碑》："郑公（欧阳观）尝有遗训，戒慎用死刑。韩国（指郑氏）以语公，公终身行之，以谓汉法惟杀人者死，今法多杂犯死罪，故死罪非杀人者多所平反，盖郑公意也。"可见作者受其父影响之深。

⑱ 乳者：奶妈。剑：挟。《礼记·曲礼上》"负剑辟咡（倾头与

语)诏之"孔颖达疏:"剑,谓挟于胁下,如带剑也。"

⑲ 术者:占卜、算命的迷信职业者。岁行在戌:古代以干支
　纪年,指戌(狗)年。

⑳ 施于外事:指社会活动。古代妇女不与闻外事,所以说"吾
　不能知"。矜饰:装模作样,做作。发于中:发自内心。

㉑ 利虽二句:谓为百姓谋利的事虽不能广泛施之于众,重要
　的是要有深厚的爱人之心。

㉒ 咸平三年:公元 1000 年。咸平,宋真宗年号。道州:治所
　在今湖南道县。泗州:治所在今安徽泗县。绵州:治所在
　今四川绵阳。泰州:今属江苏。

㉓ 考讳德仪:郑氏父亲名德仪。考,皇考。县太君:宋代制
　度,朝廷卿、监和地方知州等官的母亲封县太君;朝廷侍
　郎、学士和地方观察、留后的母亲封郡太君。

㉔ 少微时:指年轻贫贱时。

㉕ 苟合于世:苟且迎合世俗,意即不以道义为准则。

㉖ 贬夷陵:指景祐三年(1036)修因与高若讷书事贬夷陵令,
　其母偕往。

㉗ 得禄而养:指天圣八年(1030),欧阳修中进士为西京留守
　推官,始获官禄。

㉘ 始得句:庆历元年(1041)十一月仁宗祀南郊(祭天),欧阳
修摄太常博士,十二月加骑都尉,才符合封赠家属的规定。

㉙ 又十年:指仁宗皇祐四年(1052),是太夫人以疾终于官舍
的时间。南京:即应天府,原为宋州,州治在今河南商丘。

㉚ 又八年四句:嘉祐五年(1060)十一月,修为枢密副使,明年
闰八月,转户部侍郎、参知政事。治平四年(1067)罢知
亳州。

㉛ 二府:中书省和枢密院,宋代最高的文武政事机关。必加
宠锡:指皇帝推恩赐封爵位。锡,同"赐"。

㉜ 府君:子孙对祖先的敬称。累赠、累封:指经数次赐封后
最后封赠的官爵。

㉝ 今上初郊:指熙宁元年(1068)十一月神宗即位后第一次行
郊祀礼。帝王郊祀时,官僚都有晋级封赠的机会。

㉞ 不克有于其躬:不能亲身享受。三朝:指仁宗、英宗、
神宗。

㉟ 俾知夫四句:意谓使大家知道"我"并没有多大才能德行,
能有今天的地位而没辱没祖先,都是来自祖上的积德遗
训。遭时窃位:作者自谦之词。

㊱ 辛酉朔:当年四月初一的干支。乙亥:四月十五日的

干支。

㊲ 男推诚句:欧阳修罗列自己当时所有的官衔和封爵。宋代
赠官及封爵均论资递加。封爵的食邑名为几千户、又有所
谓食实封,都不过是一种褒奖的名义,而不像古代诸侯那
样真的享有多少户租税的物质待遇。国公是宋代封赠的
最高爵位。

这是篇历来为人称道的杰作,有人认为欧阳修所作
散文中"当以此为第一"。它与作者皇祐五年(1054)所
作《先君墓表》(未刻石,现附载于《欧阳修全集》卷二五
本表之后,《四部丛刊》本则编入《居士外集》卷一二,注
云:"此乃《泷冈阡表》初稿。其后删润颇多,题曰《泷冈
阡表》。")相比照,不难看出本文确实是其晚年的精心
结撰。诚如清代古文家方苞所说:"学者潜心于此,可
知修辞之要。"

按照惯例,墓表都请人代作,而与掩埋入墓的志铭
同时写就。本文却不然。由儿子自撰,而且又作于既葬
六十年以后,实属罕见。清人林云铭说"其文尤不易

作"。在他看来,其难有四:一是"幼孤,不能通知父之
行状,必借母平日所言为据,多一曲折";二是"人生大
节,莫过廉孝仁厚数端,而母以初归既不逮姑,且妇职中
馈,外言不入阃,恶从知之";三是"母卒已十数年,纵有
平日之言,亦不知今日用以表墓,错综引入,不成片
段";四是"赠封祖考,实己之显亲扬名,咏叹语稍不斟
酌归美,便涉自矜"。而欧阳修却能机杼独运,把这四
个难题天衣无缝地安排得妥妥帖帖。文中着一"待"字
作为线索,贯串始终。开口便擒住"有待"二字。随手
接上母亲的教言。她的"有待"取决于其目睹耳闻的乃
翁素行:因其死后之贫验其廉,以思亲之久验其孝,以
治狱之叹验其仁。并补以"其施于外事,我不能知。其
居于家,无所矜饰,而所为如此,是真发于中者邪"几
句,足征其言之可信据。由是断言:"吾知汝父之必将
有后也。"怎样才能"有待于后"呢?勉之俭以养廉,不
为"利"动;要有爱人之心,一定要承传父"志"。太夫人
自己呢,不仅言传,更重在身教,以身作则。这样一写也
把太夫人的懿德一起带出,可谓一举两得。再往下逐一

记述自己的仕履、赠封和"天子推恩褒其三世",以示郑重和恭敬。紧接着回应上文"能养"而"必将有后",进而归结到"为善无不报"的话题,把"小子修之德薄能鲜,遭时窃位,而幸全大节不辱其先者"归美于"其来有自",也就是得力于先父的"遗训"和先妣的言传身教。这样写来既免"自矜"之嫌,又将"有待"坐到了实处。

从总体上看,这篇墓表逐层相生,逐层接应,文法精密;往事率意写来,不借藻饰,而语语入情;或反跌、或正叙,款款曲尽而用笔简约,读来只觉悲感动人。

六一居士传

六一居士初谪滁山,自号醉翁①。既老而衰且病,将退休于颖水之上,则又更号六一居士②。

客有问曰:"六一,何谓也?"居士曰:"吾家藏书一万卷,集录三代以来金石遗文一千卷③,有琴一张,有棋一局,而常置酒一壶。"客曰:"是为五一尔,奈何?"居士曰:"以吾一翁,老于此五物之间,是岂不为六一乎?"客笑曰:"子欲逃名者乎④,而屡易其号,此庄生所诮畏影而走乎日中者也⑤。余将见子疾走大喘渴死,而名不得逃也。"居士曰:"吾固知名之不可逃,然亦知夫不必逃也。吾为此名,聊以志吾之乐尔。"客曰:"其乐如何?"居士曰:"吾之乐可胜道哉⑥!方其得意于五物也,太山在前而不见,疾雷破柱而不惊⑦。虽响九奏于洞庭之野,阅大战于涿鹿之原⑧,未足喻其乐且适也。然常患不得极吾乐于其间者,世事之为吾累者众也。其大者有二焉,轩裳珪组劳吾形于外,忧患思虑劳吾心于内,使吾形不病而已悴,心未老而先衰,尚何暇于五物哉⑨?虽然,吾自乞其身于朝者三年矣。一日天子恻然哀之,赐其骸骨,使得与此五物偕返于田庐,庶几偿其夙愿焉⑩。此吾之所以志也。"客复笑曰:"子知轩裳珪组之累其形,而不知五物之累其心乎?"

居士曰:"不然。累于彼者已劳矣,又多忧;累于此者既佚矣,幸无患。吾其何择哉。"于是与客俱起,握手大笑曰:"置之,区区不足较也。"

已而叹曰:"夫士少而仕,老而休,盖有不待七十者矣。吾素慕之,宜去一也⑪。吾尝用于时矣,而讫无称焉⑫,宜去二也。壮犹如此,今既老且病矣,乃以难强之筋骸贪过分之荣禄⑬,是将违其素志而自食其言⑭,宜去三也。吾负三宜去⑮,虽无五物,其去宜矣,复何道哉!"熙宁三年九月七日,六一居士自传。

① 自号醉翁:始自庆历六年(1046)作者贬知滁州时。作者《题滁州醉翁亭》诗:"四十未为老,醉翁偶题篇。醉中遗万物,岂复记吾年!"

② 更号六一居士:始于熙宁三年(1070)七月,欧阳修由知青州改知蔡州,九月至蔡(州治在今河南汝阳)时。早在治平四年(1067)作者遭帷薄之谤后,就开始作退休后定居颍州的准备。这年闰三月由京师去亳州赴任途中特意在颍州

稍事停留,以便修葺旧居。当时作有《思颍诗后序》:"因假道于颍,盖将谋决归休之计也。乃发旧稿,得自南京以后诗十余篇,皆思颍之作,以见拳拳于颍者,非一日也。"但从《集古录跋尾》卷五《隋泛爱寺碑》署"治平丙午(三年)孟飨摄事斋宫书,南谯醉翁、六一居士"来看,自号六一居士应始于治平三年。

③ 金石遗文:指《金石录》中所收金石拓本。

④ 逃名:逃避声名而不居。《后汉书·逸民传·法真》:"法真名可得而闻,身难得而见;逃名而名我随,避名而名我追。"

⑤ 畏影而走乎日中:语本《庄子·渔父》:"人有畏影恶迹而去之走者,举足愈数而迹愈多,走愈疾而影不离身。自以为尚迟,疾走不休,绝力而死。不知处阴可以休影,处静可以息迹,愚亦甚矣。"

⑥ 可胜道哉:怎能说得完呢?

⑦ 太山二句:由《冠子·天则》:"一叶蔽目,不见太山;两耳塞豆,不闻雷霆"演化而出,意谓心有所专可以视而不见、充耳不闻。

⑧ 响九奏二句:《庄子·至乐》:"咸池九韶之乐,张之洞庭之野。"九奏,即九韶,传为虞舜时的音乐。又《史记·五帝本

纪》载黄帝曾与蚩尤大战于涿鹿之野。涿鹿,地名,在今河北。

⑨ 其大者六句:意即《秋声赋》所谓"人为动物,惟物之灵,百忧感其心,万事劳其形,有动于中,必摇其精。而况思其力之所不及,忧其智之所不能,宜其渥然丹者为槁木,黟然黑者为星星。"轩裳珪组,高官的车马服饰、印绶等,指代做官的排场和装束。

⑩ 虽然六句:从熙宁元年(1068)第一次递呈乞致仕表算起,至此正三年。"乞其身"和"赐其骸骨",都是告老退休的代词。偿其夙愿:满足早先就有的愿望。

⑪ 老而休:《礼记·王制》:"七十不俟朝。"杜衍即于六十九岁时告退。作者《纪德陈情上致政太傅杜相公二首》之一:"貌先年老因忧国,事与心违始乞身。"又《答太傅相公见赠长韵》:"报国如乖愿,归耕宁买田。"

⑫ 用于时:指选登二府,为宰执。讫无称:终究没能有为人称道的建树。这是作者自谦之词。

⑬ 今既老二句:作者《亳州乞致仕第一表》:"风霜所迫,鬓发凋残;忧患已多,精神耗尽;加之肺肝渴涸,眼目眊昏,去秋以来,所苦增剧。两胫惟骨,拜腰俱艰;双瞳虽存,黑白才辨。顾形骸之若此,尸宠禄以何安?"

⑭ 违其素志而自食其言:熙宁四年(1071)《寄韩子华》诗序:"余与韩子华(绛)、长文(吴奎)、禹玉(王珪)同直玉堂,尝约五十八岁致仕,子华书于柱上。其后荐蒙恩宠,世故多艰,历仕三朝,备位二府,已过限七年,方能乞身归老。俗谚云:'也卖弄得过里。'"诗云:"人事从来无处定,世途多故践言难。谁知颍水闲居士,十顷西湖一钓竿。"可资参证。

⑮ 负:具备。

熙宁三年七月,欧阳修蒙恩复为观文殿学士,出知蔡州(治所在今河南汝南)。就作者而言,四十年间,上下往复,在崎岖的仕途中总算挨到了最后一站。本文则是他赴任途中滞留颍州时所作。

这是篇抒情散文。它采用汉赋常用的主客对答的形式,以轻松疏淡的笔调,袒露了迫切辞官求退的至性真情。写得妙趣横生,而又寄寓着参悟到的人生哲理。比之陶渊明的《五柳先生传》更显得跌宕多姿,寓意隽永。除了读书、集录、弹琴、弈棋、饮酒,别无他求——这正是他晚年心态的集中展现。

《中国古代文史经典读本》（文学类）书目